千里远景,如在尺寸之间。

霍俊明 编

中国工人诗典 2022

中国工人出版社

目录

辑一

- 003 芯片 | 王学芯
- 005 中国芯片 | 李平
- 006 芯片中的马蹄 | 张凌云
- 007 算法，佛法 | 欧阳江河
- 016 太空垃圾 | 翟永明
- 018 用中子看世界 | 谢湘南
- 025 量子九章 | 徐源
- 027 天鹅湖大数据中心 | 叶丹
- 028 地球上的宅基地 | 张执浩
- 030 去月球采矿 | 王自亮
- 031 在火星上回望地球故乡 | 顾伯冲
- 034 航天重器 | 王兴伟
- 036 人的星光 | 阿剑
- 037 东方的神话 | 陈勇
- 040 北斗，天空上亮起来的太阳 | 王还宾
- 042 亲近大国重器智能燎原 | 杨克
- 044 大国重器与智能制造 | 欧阳健子
- 045 中国智造 | 施云
- 046 天河超算 | 梦天岚
- 048 数据中心 | 曹僧
- 049 致王亚平 | 刘双红
- 051 鲲鹏飞天记 | 田勇
- 056 寰宇中的航天城 | 王童
- 058 飞向星际的钢铁 | 程琳
- 061 赴九天 | 阿英
- 066 出发令 | 吴才华
- 069 从能工巧匠到大国工匠 | 刘洋
- 071 新能源之歌 | 黄清水
- 077 在一度电中奔跑
    ——致时代楷模钱海军 | 刘淑清
- 078 在长沙，听天河二号心跳 | 谢克强
- 080 海底神探
    ——致敬蓝鲸2号 | 宁明
- 081 乘坐海上吊笼 | 王桂林
- 083 "硅"向未来 | 龙小龙
- 086 与机器人共进晚餐 | 喻言
- 088 机器人 | 张晓雪
- 090 高凤林：给火箭焊"心脏"的人 | 贾建成

092	坐上高铁，去看青春的中国|刘笑伟	122	玻璃与人|雨田
099	一枚竖立8分钟的硬币|陈赫	123	玻璃窗内|李光伟
101	钢铁托举每一个词都举重若轻|程向阳	124	桐照码头|游金
104	我喜欢铁路桥上有一些星星|惭江	125	包装|孙立本
105	高速中国|刘成渝	126	外卖员拍鸽子|张远伦
108	依然需要离愁和悲秋——在高铁上复习唐诗|刘频	127	雾之上|徐庶
109	东莞，新工业时代的加速器|汪峰	128	贵阳北站|苏仁聪
111	松山湖产业园|黎启天	129	水梯|霍俊明
113	已经投掷的祝福，从来不会消逝|方舟	131	雪山之下|李长瑜
		132	蜘蛛人|陈仓
		133	开关|涂拥
		134	送水工|甫跃成
		135	送水女工|辛泊平
		136	装卸工|富永杰
		137	输电工|王志彦
		138	小满|李国献
		139	采气的人——致采气工匠宋殷俊|王国平
		140	女天车司机|符会娟

辑二

117	甘蔗田|胡弦	142	刷漆工的坚韧|伽蓝
118	永动机|祝立根	143	找北的人|王二冬
119	另外的命运|林莽	145	在物流园|漆宇勤
120	小王国|雷平阳	147	致快递兄弟|胡海荣

148	快递小哥颂｜高作苦	171	工业的雷霆｜老井
150	雪夜代驾｜谈雅丽	172	建筑工人在愣神｜许一
151	修船厂｜路也	173	钢筋工｜李正雄
152	哑剧｜黄芳	174	浸涂工｜曹福章
153	固阳的腊月｜陈年喜	176	巷道爆破工｜黑马
154	拆解厂｜宋峻梁	178	电梯维修工：检修｜崔维刚
155	塑料厂｜姜维彬	179	蝴蝶结｜聂权
156	废电杆｜方从飞	180	抡大锤的人和扶钎子的人｜辽宁山子
157	几万张三合板｜起子		
158	没有秘方｜李道芝	181	砍树的人｜姚辉
159	割草的人｜许天伦	183	一个身带利器的伐木人｜天岚
160	档案里的铁匠｜周庆荣	185	伐木工与林场｜马泽平
161	筑路工｜桑子	186	参观林区1950年代工队展览｜赵剑华
162	午休的筑路工人｜麦豆		
163	两个环卫工人｜白地	187	伐木者｜涂代祥
164	盐工｜车延高	189	闲聊｜叶延滨
165	登塔者｜姚瑶	190	那副手套｜曹立光
167	李壮坐在混凝土桥塔顶上｜李壮	191	阵雨速写｜童作焉
		192	估衣｜向隅
169	夕阳的塔吊以铁的手势向天空敬礼｜梅一梵	193	春夏之交的民工｜辰水
		194	打工路线图｜黄官品
170	工程机械勾勒的世界图像之歌｜苏奇飞	195	横穿马路的民工｜起子
		196	烧炭人｜剑男

辑三

- 199 在印厂车间度过的 | 李琬
- 201 车间弯曲铜管 | 木叶
- 202 热处理 | 丁卫华
- 203 振动,改变了生活 | 王兴伟
- 204 车间里,燃热的诗 | 程云海
- 205 在车辆检修的间隙 | 杨隐
- 206 傍晚路过工地 | 桂鱼
- 207 工地上 | 刘华
- 208 一只鸟在工地一闪就不见了 | 李洁夫
- 209 路过一个建筑工地 | 独步
- 211 本色 | 黄国英
- 213 工业园区素描 | 赵之逵
- 215 冶金时代 | 林隐君
- 216 如果炼钢厂里红彤彤的铁水从不凝固 | 巴音博罗
- 217 那么多废弃的铁 | 杨犁民
- 219 铁路公园 | 郑小琼
- 220 在钢厂热轧车间 | 卢卫平
- 222 铁道工老庄 | 任东升
- 224 钢厂(三十八) | 孙方杰
- 226 铁的隐喻 | 萧清
- 227 钢铁炼成记 | 马晓
- 228 钢铁影像 | 马晓
- 231 高炉 | 孙苢苢
- 232 我的师父 | 林艳华
- 233 小世界的分量 | 王景云
- 234 风车工厂 | 汗漫
- 235 过化工厂 | 龚学敏
- 236 风力发电 | 张笃德
- 237 胶州湾跨海大桥 | 韩宗夫
- 239 时间重叠后的多维度力量 | 孔鑫雨
- 241 劳动节 2020——写在父亲生日 | 葭苇
- 244 劳动节,与铁诉说 | 刘鸣
- 247 开工的日子 | 顾伟
- 249 中国边境工人 | 朱天蔚
- 250 一粒种子 | 谭文波
- 252 在锯木厂 | 费城
- 253 正月初二在普威镇寻木材加工厂不见 | 王子俊
- 254 回到锯木场 | 吴乙一
- 255 布袋和尚 | 蓝毒

辑四

259　曹妃甸港｜陆健
260　第四座大城·腹地｜刘立云
263　雄安进行时
　　　——写在雄安建设五周年之际
　　　｜陈德胜
277　雄安高速｜孟醒石
285　我和雄安一起思想｜胡丘陵
286　巨荷上的白洋淀
　　　——为雄安新区五周年作
　　　｜王久辛
292　雄安｜芦花格格
294　成都国际铁路港题壁｜梁平
295　过赫章特大桥｜若非
296　礼赞｜张鸿飞
298　光明的赞歌｜刘慧娟
302　氢之美｜马飚
304　新工业4.0｜甘灵辉
306　工地颂歌｜刘羊

辑五

309　一根穿过天空的角铁｜蒲素平
310　我看见电流从阿尔塔什飞奔
　　　｜赵香城
312　巡线归来｜吴伟华
314　人间越来越远｜榆木
315　夏天在蒸腾｜任文胜
323　采矿｜李森
324　铁矿石｜薛小平
325　玛湖清晨｜兰晶
326　油区写意｜兰晶
328　郭旭光：追梦者｜兰晶
331　第九个黑洞，是黎明｜申广志
332　百里油田｜郭志凌
334　采油的人｜张晓润
341　沙漠钻塔｜第广龙
343　跋涉的胡杨｜第广龙
344　油井的正午｜郝随穗
346　走进玉门油田｜刘志宏
355　像钢铁齿轮一样契合｜魏威
357　克拉2葳蕤如野｜石春燕
360　荒原风暴｜依尘

361 哈浅 22 号石油井 | 马行

362 石油物语 | 蒙建华

363 怎能忘记你啊,星火人
    | 马丽贤

365 十座打桩机发出同一种声音
    | 陆兴志

367 颜色褪尽的矿灯房 | 松林湾

368 深渊的样子 | 吴允锋

369 父亲第一次带我到轩岗煤矿
    | 贾丽

370 一轮月亮坐在选煤楼顶上
    | 荆卓然

371 矿工 | 高英英

372 石头内部的春天 | 杨传信

373 矿山记忆 | 李钢

374 铁矿石的升华 | 百合凌波

崭新而多元的诗歌经验正在升腾
（编选前言）

霍俊明

在中国工人出版社决定由我来编选《中国工人诗典2022》的时候，我是既激动又犹豫，同时又有几分不安。显然，国内还从未有过关于工人、工业以及新科技的专题诗歌年度选本，如果能出版的话肯定能填补这一空白。但是，对能否从一年来的刊物、报纸以及全媒体的电子化空间筛选出一本足够全面、多元而又优秀的主题工人诗选我又是抱有一定疑问的，也只能在具体的编选过程中来寻找答案了！

为了更多地避免遗珠之憾，我们设立了专门的投稿邮箱，这也给我带来了几乎不可想象的遴选压力和阅读的工作量。那三千多份投稿让我感受到各行各业基层诗人空前的热情，这尤其令人感动而钦佩，而当我们从严格的诗歌标准出发的时候，其中的大部分作品又是充满了种种缺陷的，所以很多作品无法进入选本中来。为了增强这一年度选本的专业性，我几乎每天都在阅读各种文学期刊、报纸以及网络平台上时时更新的诗作。最终，进入此次年选的刊物涉及六十多种，其中既有我们所熟悉的《诗刊》《星星诗刊》《扬子江诗刊》《汉诗》《诗歌月刊》《诗潮》《诗林》《散文诗》《江南诗》《两岸诗》《诗建设》《民族文学》《作家》《花城》《山花》《红岩》《长江文艺》《广西文学》《北京文学》《大家》《天涯》《雨花》《边疆文学》《延河》《文学港》《广州文艺》《福建文学》《地火》《绿风》《思南文学选刊》《四川日报》等专业诗歌刊物以及综合性文学刊物，又有很多报刊（包括民刊）是我们所不太了解的，比如《中国石油报》《油脉》《建安》《中国铁道报》《轨道诗刊》《中国高新区》《四季》《阳光》《甘肃工人报》《广西电业》《金沙文艺》《佛山文艺》《深圳诗歌》《长江诗歌》《三角帆》《银河系》《小拇指诗刊》《魁星楼》《台州文学》《新工人文学》《赣西作家》《中国青年作家报》等。与此同时,我又从本年度出版的个人诗集以及微信公众号(比如"中国诗歌网""中国作家网""甘肃诗歌""词语的背面""河之北""太行诗刊""兵工诗群""东北文学界"等)和作者的自媒体上选取了一部分作品。尤其感谢中国诗歌网的"每日精选""太空诗会"以及"新韵律"栏目所推出的优秀作品。

对于工人而言,他们具体的工作、生存是否比我们更为艰难和不易?与此同时,对于诗人而言,他们是否能够既来自生活和区域空间又最终能够在语言、修辞、智性和想象力的深度参与下对此予以整合、过滤、提升、发现和再造?

整个年度诗选分为五个小辑。

第一辑主要涉及战略性新兴工业、新科技的题材和领域,比如芯片、中子、量子信息、超算、大数据中心、载人航天、探月探火、深海深地探测、卫星导航、新能源、大飞机制造以及物流枢纽、大工重器、智能创造、计算器 AI、时代楷模、产业园等。显而易见,时代和诗都在发展,社会经验、写作经验以及语言经验同样发生了翻天覆地的变化。从地球到月球、火星以及太空,这些前所未有的新时代的速度景观已经空前激发了诗人的凝视、思索和想象宇宙的意识,这些"飞天"式的作品也为诗歌创作提供了崭新的时代经验和美学惊艳。

第二辑的作品则更为内敛、深沉而又充满了张力,它们主要以传统工业和新工业为背景,更多是对人、存在、命运的深度抒写,一个个生命个体站在了生活和时代的前台位置,他们一起提供了"另外的命运"。他们作为蜘蛛人、维修工、送水工、清洁工、钢筋工、输电工、刷漆工、建筑工、环卫工、筑路工、架桥工、盐工、铁匠、巷道爆破工、浸涂工、矿工、伐木工、装修工、女天车司机、农民工、电梯维修工、代驾、快递员、外卖小哥,构成了极其鲜活而又令人无比感动的时代集体群像,他们是"最可爱的人"。与此同时,那些废弃的钢铁、电线杆、工厂以及拆解厂又象征了时代新旧更替的历史法则,也强化了那些不为人知的命运和深层时代机制。

第三辑则聚焦于一个个更为具体、真切的空间,比如劳作的车间、厂房、工地,比如工业园、炼钢厂、风车工厂、化工厂、发电厂、锯木厂等,它们一起构成了新工业时代多维度的空间景观,而其中诗人对"劳作""劳动""劳动者"的深沉礼赞则让我们目睹了人性之光的烛照以及人文力量的浸润。

第四辑则更像是新时代的宏大序曲和乐章,这些交响乐式的作品对曹妃甸港、雄安新区以及成都国际铁路港进行了深度观照,值得注意的是刘立云、王久辛、陆健、陈德胜、胡丘陵和孟醒石都不约而同采取了长篇抒情诗的方式,这一精神容量巨大的诗体对于揭示历史、时代以及未来显然更具有效果和力度。

第五辑则将视角转向了西部和戈壁,面对那些电力输送的巨大构件以及一座座矿山、煤矿和油田,那些劳作或静止的工人让我们想到了中国工业发展的历史,也想到了这些传统工业以及工人所经历的那些往事和真实不虚的命运,也让我们期待着它们美好的未来景深。记得多年前,从北京往伊犁的途中我在克拉玛依古海机场转机。在飞机和西部湛蓝无比的天空上看来，这个机场类似于茫茫而粗粝的大戈壁上一个闪光的贝壳。我当时对戈壁上大大小小的沙丘和偶然渗透其间蜿蜒如毛细血管的河流以及远处的石油之城克拉玛依就有了迫切要理解和感受的冲动。极其遗憾的是，时至今日我并没有亲身来到这座西部的石油石化之城，但是那短暂的"俯视"之下的感受却一直留在了我的记忆深处。近期阅读这些西部油田的诗则在很大程度上弥补了我这么多年的缺憾。

  需要提醒的是，实则我们没必要急于用一些标签来框定或描述这些诗作，因为这样做的话我们很容易被题材或主题本身限制，与此同时这也是对诗人及其写作历史和文本延变不负责任的草率之举。我们会发现不同历史时期和重要节点中的诗歌所涉及的题材、主题以及情感、经验、伦理的向度是有很大差别的，而这正是来自时代环境和社会文化的强大影响，也与诗人的人格、个体主体性、诗歌观念和写作实践的变化、发展有关。对于以上这些作品，我不需要做具体分析和更为详细的讨论，我相信这些风格差异极为明显的作品都会迎来属于它们的真正的读者。我也期待着更多的诗人朋友能够加入对工人、工业和时代剧变的抒写当中来。诗歌是历史的对应，是灵魂的对话，是人性的烛照，是时代的呼应！让我们一起高举缪斯的火炬走向那幽微的前路，去照亮那些黑夜中的面庞……

2023 年 1 月 7 日于怀雪堂

辑一

芯 片
王学芯

硅片或芯片

工业魂髓　恰好在手里

像紫蛙和玻璃蛙　跃出一座城市

变成空间里一股拉长的气流

悦人的荧光跳动　激光的意识与知觉

从抽象到具体一点　触及

集成电路　制造应用　纳米　器件物理

融汇一切美好事物和生活的关怀

改变一眨眼的现在

光芒在精确的色彩中形成延伸的术语

替代全部电子元件的功率　功耗　功效

如同一瓣栀子花　弥散芳香

连接通灵的社会　家庭及所有个人的便捷

抓住的每一件事情　每一分钟的价值

每缩小两三毫米的加速交织

环境　年轻天空　昂首阔步的大地

仿佛都已变得纤细

留下了昨天无法留下的密集印记

使动词的芯片

名词的芯片

晶格里一朵朵状态的云

蓝色的金色的橘色的红色的光线

在双重的观察中

变成簇簇温暖的火焰

并在这瞬间　充满了

震惊的闪耀

（《雨花》2022 年第 6 期）

中国芯片

李 平

如果事情全部完美,思想会迟钝
面对时代洪流激起的潮头
绝不做站在远处的一只鸟
绝处生,中华民族坚挺脊梁
科技兴国,中国奏响天籁琴音
蛟龙探海、神舟问天、嫦娥揽月
希冀,依然在我们固执的心底
芯片的芯字,以草字头站立
却不是草本植物,她奇异而玄妙
研发,难度是原子弹的一百倍
在发丝上建高楼、架管网
超高度浓缩大数据,电脑的大脑
毫米之内的信息,有机契入云空间
网络时代的真魂,芯片在手
云计算,高科技电子产品的心脏
极微之处,彰显超大智慧
大智慧研发的小不点,大如宇宙
中国人有了主心骨,多维空间
5G、中国芯片、中国梦
芯片在手,弹拨新时代泱泱大调
怀揣中国芯片,我想把人间唱遍

(《星星诗刊》2022年1月号上旬刊)

芯片中的马蹄

张凌云

仿若千军万马，驰骋于辽阔的原野。以八百里分麾下炙的豪情，扯动猎猎大旗，燃起烽火狼烟。

那些马蹄却听不见。它们藏在几微米甚至几纳米的芯片里，藏在数以千万计、难以用肉眼区分的晶体管里，如同越来越密的鼓点，敲打出人间高处的大音希声。

微电子、半导体、集成电路，那么重，又那么轻，就像薄薄的纸片，卡在了装备制造的咽喉地带，需要鼓足肺腑之力，才能吐出胸中纠缠的郁积，让全世界听见来自东方的清亮歌声。这是一片看不见硝烟的战场，聚焦在显微镜下的瞳孔，重新编排强国的序列，那群身着白色工作服的人，多像脸上带着微笑的天使。

一切从芯出发。IT、5G 的华山论剑，云计算、大数据的谁与争雄，龙芯、麒麟、兆芯驶过的信息高速公路，向着"更高，更快，更强"的目标，无限伸展着华夏民族的伟岸脊梁。

中国力量，中国制造，中国标准，复兴之路上，无数神工巧匠的默默付出，让大国博弈的竞技场，平地耸立起一座巍峨的珠穆朗玛峰。

（《散文诗》2022 年第 7 期上半月版）

算法，佛法
欧阳江河

1

水，是佛法的事
中间经过蓄水与排水
经过蒸馏系统与净水系统
经过水表、水费、水龙头
变成了算法问题

2

佛法的身体如一截朽木
年深日久，浸泡在水里

若以算法敲叩佛门
声音会闭水
会像鱼一样游了起来

算法听见佛耳里的敲门声
在门内，又同时在门外的别处

若以佛法推门
菩萨心会不着边际

鱼尾游出鱼目

又缩了回去

3

月亮盈缺处,算法没听见
算盘珠子的拨动声
算法,已非算盘自身
所是的东西

而算盘珠子后面
谁的手,谁的江山
在移动或纹丝不动
这一直是个佛法问题

4

算法与佛法缠绕在一起
以微小之物提举万物

在提举的最高处
算法,不得不像钉子一样
把人伦挂了起来

而佛,也不得不像聋子和哑巴一样
重新定义什么是聋哑

5

虎牙松动处,掉下几粒佛牙
佛骨,经鼠齿一咬
顿成象牙鬼脸

一支博士头衔的硕鼠合唱队
长出三千里鼠须和鼠目
春秋句读,文白间杂

谁会在意
川剧帮腔的鸟叫声
是不是猫在叫

6

算法将人们扔掉的垃圾弃物
——捡回,放在伸手够不到的
徒具形式的果实之上

且将摘果实的手取下来
安装在千手观音身上

佛法扔掉手的形式

仅留下果实:枯萎,安顿

7

一千种算法算出一个佛身
此一佛身,又增加了另一具佛身

佛身所多出的,全是你的
更少的佛,连自身也不够
佛法只是算法的亿万分之一

8

黄金,这小世界的涌现
将沙子和骗子
全都掺和在一起

豹变之身突然就涌现出来
马脖子也被强扭过来
比马的倒立还要狂烈
比一夜破土的嫩芽
还要痛惜

聋和哑,算谁的声音呢

9

时间把自己发射出去
算法,是一枚导弹

一个人夜读佛经
流星雨穿透桌上的鱼缸

10

在算法的内心深处
一切不是人的东西
都让机器变得焚香近佛

大炼钢铁,炼不出三藐三菩提
即使以水疗的肉身也炼不出

但可以铁心,可以肉身化雾
佛骨,不必铁骨铮铮

11

算法在该刷脸时从不作弊
不捂脸,不借脸,也不换脸

算法:脸的机器
证件上,没别的照片可以匹配

佛法在大地上无止境地洗手
提醒我们:水,在地球的另一极

比手在深海之下伸的还远
佛法之外,还是佛法

12

算法先得学习
怎么死,怎么死后还活着

方可登佛门,环绕死者而眠
围坐成圆,成锦灰堆,成峰顶

大数据不知死为何物
又怎么给它生命,怎么区分

哪些命是死者活过、活尽、活剩下的命
哪些命,从没人活过?

13

孔夫子对众弟子说

未知生，焉知死

算法论命，一命
有人只抵半命
有人可抵十亿人的命

佛法问命，徒手随风

14

算法算到佛法头上
毁了一代佛系青年

杜尚之后还有康德吗？

尿急而无抽水马桶
抽水变成抽象
挂在美术馆墙上

你能把人心与鸟肺
织成天网挂上墙吗？

15

算法眨眼，佛掌合十

心法缠绕又缠绕
形成幻肢交叠的怪圈
形成共同体之圆

自我,抽身不在

16

跨国梦,就是一大群难民
聚在一起,树立天地大美的生殖力
比殖民,比梦的巅峰体验

在该登顶的时候不登了
返身下到矿井深处

一对纯金的翅膀飞着飞着
掉落在地,天空也深埋了

17

狗叫声在佛身上
听不见一枚鸡蛋碎了

如果你跳出这枚鸡蛋
却不以佛眼回看

那么,木刻的秋风
句法会更加刀法化吗?

词各有命:头顶星空中
秋刀鱼没出现,但出现了白鲸

(《天涯》2022年第4期)

太空垃圾

翟永明

我被国际空间站的宇航员
推入太空　从此
无人问津　从此
我在你们头顶持续运行

每一百三十分钟　我将绕地球一周
每一百三十分钟　我诉说寂寞无边
每一百三十分钟　我身边多了相同的废物
每一百三十分钟　我看见太空加倍拥堵

绕地球一圈　嘀嗒　哼哈　嗡嗡
绕地球一圈　翻滚　飘浮　冻结
绕地球一圈　上升　下沉　起舞
绕地球一圈　蓝色　绿色　死寂色

碎片　漆片　粉尘　残骸
固体　液体　晶体　实体
我们将杀死彼此　或者
被无人问津变成杀人犯

当人类探索宇宙的年龄
而我则一遍遍地探索出口
盖子或　黑洞　或穹顶的漏缝——

从什么地方溜出去？

怎样躲避来自另一飞行物的碰撞？

或者　让我在大气层中燃烧成灰烬？

没有一种力量能让我寿终正寝

没有一种　现在还没有

我只能漫天飞舞

与二十万件类似的物件一同

跳静止的　慢动作的太空舞

等待下一个舞伴的加入

　　　　　　(诗集《全沉浸末日脚本》，辽宁人民出版社、广西师范大学出版社2022年1月版)

用中子看世界
谢湘南

1

人类的叙事从目之所及开始

有人对无边的星空着迷

有人对看不见的微尘

倾注毕生

在中国散裂中子源,短暂的逗留

是拈花一笑。平静的掩体下

有激烈的撞击,0.9倍光速

射出的子弹,击中汉语的命名

加速度的N次方

让物质开出灿烂——

如雾 如花 如无法目击的DNA

那些深藏在我们体内的

也深藏在万物中

微尘之大,需要入潜深海的想象

世界原为一体,混沌的,毛茸茸的,等着光

照亮的——

一次遇见就是一次生命的诞生

一次射击就是一次诗意的还原

实验室内,物质的黯黑

一层层显现。结构的多米诺骨牌
在诱惑万能的钥匙

这是一次闪电的编程
闪电在,光环就在
当质子束在地下狂奔
命定的靶心将上演粉末的狂舞
这是狂草与飞天都无法追赶的场景
梦想击打着"盗梦空间"
定音鼓澎湃的心跳要溢出喉咙

一次击打就是一次崭新的叙事
"一切坚固的东西都烟消云散了"
一切柔软的东西在重组世界的冷静
命名之路从来山高水长
为科学配乐总让人心虚
好在万物自带乐感
在碎了的日常里,光在演奏
自己的乐谱。世界
找回自洽的感悟,在能量场
人类不忘使命,语词记得天职

2

再没有比粉末更轻盈的存在

在散裂的表述中，轻的形状

就是粉末的呼吸，当"探针"深入骨髓

蓝色的情绪被穿透

生命之轻也是生命之重

用中子看世界

用中子捕捉微笑与悲伤

此刻，未知之门

发出长长的召唤

电影造出梦的双生

在时间的褶皱里，大爆炸

只是一个念头吗

散裂的中子灿若星辰

这里，天天上演空间跳跃

那些折叠的花朵驾着雾飞来

记忆的魔法投喂游吟诗人

被驱逐的乡愁，在物质的深处

史诗一样发呆

3

在虫洞里，我做过非生物的梦

有时，我觉得我是木质的

有时，我怀疑我是一个复制品
有时，我确切并肯定，我是
充满瞌睡的蛋白质
在 18 米地下，我如中子般散裂
我怀疑我的情感
是一条没有轨迹的射线
我从体内掏出可燃冰，点亮
一杯啤酒，问天上的中子星
可曾有与我相同的梦？
可曾将青春写在陌生的天际
问 930 亿光年之外还有什么
问宇宙是否有一个妹妹
问世界的尽头是否有科学怪咖
在种树，在生产
小草的灵魂

工厂在加速，自然在循环
机械臂抓取落日擦亮黄昏的网格
我的行走跌入梦境，现实的山体
装置着梦的按钮。我的逗留
是一次肉眼的旅行
渺小可见，恰到好处

4

此刻的风,是从虫洞穿梭而来的吗?
此刻的风,像极了我的脆弱
在实验室,在东莞,在世界工厂
风,自由穿梭
敏感的介质塑出千万张年轻的脸
比 3D 建模更为迅速
这些生命的轨迹被事实捕捉
网,占住制高点
每一个生命都在织网
每一个生命都在网中
稳坐中军帐的蜘蛛,最高的象征
在它想象之外的平行世界里
人类,将美好的修辞
涂上金属的光辉

如果有一台时光压缩机
我相信,此刻的风中
有质子、中子、电子
也有孔子、老子、庄子
子不语,风中站立的人
送来比时间更远的注视

我相信,此刻的风中
还有你
有婴儿,有妈妈
有类人的武器

一辆婴儿车就是一个世界
婴儿车内有风
在超光速的未来
一千辆婴儿车组装世界的摇篮
一千辆婴儿车击中我的脆弱

5

时间从哪里开始?
世界的摇篮是流水的形状吗?
流水从哪里来?
天上的云是哪个厂的产品?
雨是中子的快递员吗?

在珠江的入海口
我看到盛大的摇篮在酿造梦的酒香
宽阔连接宽阔
中子是世外隐士与未来战士之和
在海战博物馆,一百八十二年前的海战好安静

在太平手袋厂原址,四十二年前的一只手袋内
装着开放的微时光。它们在各自的时间点
扮演了自己,那些微不足道的粉末
也是目击者

当时间换算成质量
当历史触痛的神经变成意识深处的蓝
多么神奇的存在——
这些空间,这些庞大,这些渺小
在一天内,全部显映在我眼前
将坐飞船的体验与婴儿座椅的世界销售地图
嫁接在对撞机上——
将集装箱像包装精美的糖果
打开——

爸爸妈妈们,叔叔阿姨们
孩子们在这个世界出生
孩子们的座椅必须安全

(选自作者自媒体)

量子九章

徐 源

内心抽象为数字

抵达世界的路抽象为数字

万物，皆可运算

花朵运算阳光，提速 100 万亿倍

种子运算土壤，提速 100 万亿倍

身体运算灵魂，提速 100 万亿倍

求解 5000 万个高斯玻色，200 秒

求解五千年文明，一个信念

求解我之于 14 亿及 960 万的关系

终其一生，无悔一生

在数字王国，自《周髀算经》

至《缉古算经》，我们有十书

十块古老的碑石

现在，一梦千年

我们有量子计算机——

九章，掀开智能时代大幕

输出量子态空间规模 10 的 30 次方

大于世界

万物，皆可运算

运筹运算，神机妙算

运算飞禽走兽、日月星辰

运算思想

一个人在原野行走，并非孤独

一切可念之物，皆与他发生运算
多生动！一群人在原野行走
他们的N次方是否等于人类
可运算的未来
我们有九章，运算民族精神
运算时代温度和脉动
大国谱写的诗篇——九章
让春风吹拂山河，把它朗诵

(《诗刊》2022年5月号上半月刊)

天鹅湖大数据中心

叶 丹

天鹅湖的湖面是个巨型显示器，
播放着合肥成长的全息影片。
她不平凡的奔跑速度
和所有记忆的切片都存储在
水面的硬盘里，成为一个
数据大容器，并预见着她的
未来和喜悦。如果要将这
喜悦告诉太平洋，再也不用依靠
光纤般的十五里河、
数据交换站般的巢湖、
网络拥塞的长江航道，只需一瞬，
云就完成了计算和精准传递。

(《诗歌月刊》2022年第10期)

地球上的宅基地
张执浩

我的侄子整天开着他的大卡车
把地球上的物质运来运去
通常是些石头、煤块或沙子
这里的坑刚刚填平了,那里
又会出现一个更大的坑
因此我几年才能见到他一次
时光在飞驰,他的车
越换越大了,但车厢再长
车头里面只坐了他一个人
通常他半夜回家,把车停
在院子门前,不用按喇叭
两条狗就从角落里跑出来迎接他
漆黑的夜空,漫天的繁星
他钻出驾驶室,仿佛从空中
跳上大地,开始有些不适应
但随即就明白了家的意味
卡车在夜里熄火之后变得特别黑
高大的车轮散发着橡胶味
我的侄子在黑暗中掏出烟
总是他父亲先于他点燃打火机
两颗烟头凑近又疏远
我在遥远的城市之夜也能看见
这一幕:两颗烟头在夜色中

凑近了,又疏远
没有什么比它们更明亮
更能让我看清那块宅基地
在此生的尽头一闪又一闪

(《大家》2022 年第 2 期)

去月球采矿

王自亮

去月球采矿,等于重新进化一次。
更重要的是——
能量转换、遥感器、克服引力,
速度、自动脱落与精准衔接。
将牛顿置之死地而后生,
唤起瓦特,带上特制矿灯。
到哪儿去找矿?先搞清楚人的血脉
与月光肌肤下的那些存在,
到底是什么关系,还有构造。
月色被嫦娥吃掉多少,
吴刚寻衅滋事的概率。
去月球开矿,要沿着与矿业相反的道路
到光的背面寻找阴影中的疑点,
仅仅飞行是不够的,仅仅提炼也不够,
必须让历史在重复中进化,
或停止乱糟糟的想法。

(《诗选刊》2022年第6期)

在火星上回望地球故乡
顾伯冲

1

我搭乘祝融号踏上火星的那一刻

情不自禁地回望地球故乡

放眼镶嵌着密密麻麻星辰的幽黑大幕

好不容易找到了那点蓝色的模样

遨游苍穹是那么酣畅

原来浩瀚的宇宙就是星星的海洋

它们也像朋友一样互相借光

只是这里的环境有点其貌不扬

而我曾居住的深奥而广袤的蓝润殿堂

在这洪荒的时空交汇点上

虽然是那么平常

可在星球的家族中还是顶级的漂亮

2

我搭乘祝融号踏上火星的那一刻

无限留恋地回望地球故乡

我知道与你相伴的星球没有你那般幸运

它们那里的工地是憔悴的

它们的世界是荒芜的

而你每天都上演大海咆哮与江河奔涌的壮观

每天都演绎大漠孤烟与长河落日的雄浑

到处鲜花白云和四季轮回

还有高楼大厦和万家灯火的辉煌

我们到处感受到耕耘的力量

体会到了奋斗的酣畅

还有许多值得铭记终生的诗行

3

我搭乘祝融号踏上火星的那一刻

忧心忡忡地回望地球故乡

这里的时光老人告诉我

你原来的容颜蓝得那样晶莹剔透

直让相伴而行的星球羡慕又惊奇

而今作为地球上的主宰

在这里不计后果地疯狂开采

使你的身躯开始慢慢地发黄

也许将来的将来

地球上最后的一滴水是人类的眼泪

4

我搭乘祝融号踏上火星的那一刻

坦然自若地回望地球故乡

在时空的这儿

你不知疲倦地绕着太阳还要跑多少亿年

也许无始无终

也许人类要搞的这个故乡

这是"道"的意志

还是文明的更替

一切让人无法想象

作为自然之子

我们还要翻好一页又一页的神奇

虽然生如蝼蚁

但须心系广宇

(《诗刊》2022年6月号上半月刊)

航天重器

王兴伟

点火,分离,地面控制与观察……

我穷尽自己的知识,还是不能有效贯通

一艘飞船从地面抵达天空的旅程

熊熊火光,飞升的火箭

就那么轰的一声,像一只鸟

扇动巨大的翅膀,扑向九天

能源动力,光电储存,飞行器与力学……

我能想到的都想到了,但还是不能诠释

那艘上天的船,在预定的轨道上

昼夜不息,每一颗独自闪烁的星

都是一束点在人心上的火

火箭,核反应,防辐射与耐高温……

我查阅了许多资料,还是不能理解

一艘飞船在天空滞留的时间

进舱,出舱,每一步

都是创造,每一步都是人类

自己超越自己

上九天揽月,我的骄傲源于

一群人孜孜不倦,一生的时间

都在结构、软件、硬件、关键算法与人机工程间

单调游弋。一代又一代人，从失败到失败
从成功到成功，无限循环
他们将放牧群星的梦想，一直进行下去

我的骄傲，是每一次发射
都有一面飘扬的五星红旗，将太空标识

(《星星诗刊》2022年1月号上旬刊)

人的星光
阿　剑

柯尼斯堡城的男人,肋骨组装起一块咔嚓走动的钟表,
血液流淌成菩提树小道。
抬头看到星星
在他咖啡因过剩的腹腔闪烁,那里,一颗叫卢梭的彗星
不期掠过……

有人也看见
体内江河湖海、九星七曜,正生机萌动。
一场新时代的道德律
已在脑海上空积起了密云!

这便是我此刻所做的事——

仰望:天空中那颗中国产的星星
我们天上的船,地上北移的雨线
和返绿的沙漠
穿宇航服的飞天走在
膨胀的太阳、白矮星、燃烧的黑洞之间
一只人造的探测器
在天空的岩层中
取出
小王子体内唯一一朵花……

(中国诗歌网"太空诗会"第二辑)

东方的神话
陈 勇

古国之春,从一派复苏的驿站里催马而驰
像启动了快捷方式,从新世纪的键盘上划过
扬起一阵微风,高悬的风铃就被惊动
连神话里的故事都呼朋引伴想要下凡了
"嫦娥"奔月,"祝融"探火,"羲和"逐日
健硕的古国一觉醒来,便扶着天梯直上云端
向着太空的脚印,迈进。在大气层外
有一种踏实感,足以抚平时间的波澜
你看,先祖们以浪漫主义对抗命运的靶环
正被超现实的飞镖以梦幻的形式接管

进入时光花季的东方神话自带光驱
国产大客机认识的蓝天,有我们自己的海拔
高超音速还在不停地刻度新的标高
当北斗导航开始精确定位我们的去向
当天宫一号上的宇航员进出新的太空实验室
当天眼代表全人类向地球外的文明发出信号
就连数以千兆次的超级计算机都难以测算
这惊艳与惊喜之间喷薄的日出了
是谁,将中国神话的出厂默认设定为无限

如果能回放,就加入北漂野象"旅行团"吧
跟着象群到村寨里痛饮美酒,以各种萌态

收集全世界人们的目光，顺便
给这绿水青山的国度再做一次免费广告
你甚至可以携带神话的发射天线一同前往
太赫兹电磁波穿透黑障，就能贯穿天地空气
越来越时新的表达已偏离神话的轨道
不设终点站只有加油站的愿景持续更新
反倒是记忆成了我最大剂量的耗材
那么，还有什么不能化腐朽为神奇
来取悦这饱经沧桑却依然雄壮的吾国吾土

我的复兴之梦啊，那比万物生长更强的欲望
不怕宇宙辐射，有能力和太阳风离子嬉戏
而我更喜欢靠在月亮上观天，如嫦娥附体
连回望蓝色地球的眼神都眨着星光
我还想到上千米深的海底去
打捞历史的宝船，比如在"南海一号"上
赏鉴八百年前的瓷器，哼唱美轮美奂的宋词
我从容地跟时间站在一起，我们互加好友
并握手见证：一个神话变现的时代多么动人
一块悠久而壮丽的山河还将隆起多少奇迹

比未来更清晰的是：我并非神话
我只是活成了比神话更为新鲜生动的样子

我把人类的蜗居搬进太空，看流星

从身边喘着粗气一路小跑，像晨练的操场

我用地球上最快的磁悬浮列车贴地飞行

用绕地卫星的舞步，遥感人类命运的交响乐

让人与神话之间的偏旁部首重新集结

这是现实与超现实打开对讲机的中国神话

我穿越时间的边界破空而来，用一个接一个

比汉语更出彩、比星空更壮丽的巅峰

为你、为世界，登陆一个神话般皇皇复兴的中国

（《诗刊》2022 年 5 月号上半月刊）

北斗,天空上亮起来的太阳

王迩宾

有许多这样的太阳　在天空中

互相辉映　彼此相望

一个用古老的霞光在天空画飞鸟

画冬去春来　画田野　画果实累累

而北斗卫星　这些天空中闪亮的一颗颗太阳

在想象之外　用信号播撒着爱的光芒

是的　它们冲出星云的重围后

便拥有了大数据　物联网　区块链这些

围绕着它运转的星系

它用智慧沐浴着物流　通信

港口　超市　生产线……这些丰收的作物

我看不见它们的身影

却看到了共享单车　无人驾驶汽车　地铁

在大地上展翅的神韵

感到了手机屏幕　百度地图上的咏叹

听到了导航仪　定位器中传来的问候

以及无人播种机　收割机飞扬的歌声

我相信那编程里一定有爱

那DNA里也一定有情

我猜想　它们在太空

一定会遇到哥白尼　伽利略　霍金这些星座

会遇到广寒宫　嫦娥

哈利·波特这些神话般的光谱

也会遇到天宫、神舟飞船这些沾亲带故的伙伴

它们心心相通　初心相通　所以才能够

用内心的光芒　把天外神奇的故事

叙述成大地上的神话

北斗　在东方这片璀璨的霞光中

正一颗颗冉冉升起　一片

新智能　新能源的图景比想象更无限

(《星星诗刊》2022年5月号上旬刊)

亲近大国重器智能燎原

杨 克

繁星静寂,崇明岛、长兴岛、横沙岛

守护着货物和集装箱吞吐量最大的城市

此刻,长江的巨尾一甩

来呀,大国诗歌!来呀——

这才是大上海,高楼堆金,摩天的灯火叠玉

来呀,吴淞码头和洋山深水港,来呀,大国智造

钢铁最笨重的身躯,机器最精致的面孔

置身于巨无霸龙门吊下

在板块对冲、棱角切割、镜面弧线的金属辉映下

渺小的我,浑身热力躁动

像一根电缆,体内火花四溅,电流滋滋作响

眺看工厂的核心区域就像仰望星空

来呀,第一套六千千瓦火电

来呀,第一台双水内冷发电机

来呀,一万两千吨水压机

来呀,镜面磨床、核电机组、大型曲轴、超超临界机组

它们是一根根粗壮的肋骨

支撑起大国重器虎背宽肩的高大身躯

一颗螺帽就有六吨,拧紧笼子

套住机械怪兽的嘴巴,不让它蹄子撒野

来呀,这个永远的金刚青年,机械销售的长跑冠军

健步如飞。胸肌发达,肺活量吞云吐海

扛起重型装备、电梯、机床、核电反应堆堆芯

扛起燃气轮、水轮机、联合循环机组

扛起风电旋转叶片、电站环保设施,来组装

一颗超级大城市的心

精密仪器锦心绣口

比花针轻巧,比头发丝细微

机器人一点儿都不吵闹喧哗,工厂静如处子

比白纸干净。蓝红黄绿紫深蓝

不同颜色的路代表不同主题,来呀

核电、冶金、船舶、矿山、石化、交通

我们把大国诗歌的词语也变成装备

每一句都是机械类品牌,来呀,来呀

(选自作者自媒体)

大国重器与智能制造

欧阳健子

有些词语,分量很厚重,像淬火过的钢铁;

比如云计算、大数据、物联网……

比如工业互联网、区块链、人工智能……

这些数字经济的重要元素和重点产业,其实就是中国智造生产线上那些最新鲜的流动着的词语。它们就像一款自主研发的国产品牌,浑身散发着中国特色和中国气派。

这些词语带着苹果的香味,闪着宝石的光泽:从第一款国产智能手机到第一张中国芯片;从万户飞天到天眼探秘;从嫦娥奔月到蛟龙入海;从飞驰的高铁到高速的5G通信……一把焊枪为火箭铸心为动车呵护,一把钳夹组装连接着匠心独运的技艺。这是从工匠精神中提炼出大国重器的一种硬核。

聚焦一个大国智造的青春背影:在玻璃工厂的智能车间。九零后的小伙子在智能车间,把石灰石和配料送进炉膛,同时把一组数据和字母嵌进控制程序。然后通过平拉法、压延法和浮法模式,生产出一块块闪闪发光的超薄玻璃。

那是一颗颗晶莹剔透的水晶心!

那玻璃像一片阳光和月色:细如发丝,柔如白纸,弯可折叠。

那些明亮的玻璃,把所有的事物照得更加清晰,让时间也不再容易破碎,让人类的生活更加有柔性和韧性。

那些玻璃在中国人的手里,晶莹剔透,折射出一道自豪的光——

穿过大地,穿过万里河山的眼睛。

(《星星诗刊》2022年4月号下旬刊)

中国智造

施 云

我在向水靠近,越来越接近深蓝之心
但我不能确定在水的深处浮游的心
是否对深蓝充满诱惑,或者感激
堤岸,履带一样把我向着深蓝输送

与水有关的传说绝不会比堤坝对水
更具有拦截的能耐。我开始对堤坝有了
史无前例的敬畏,像对上善之水
一直保持不见丝毫的敬仰,我在靠近

我在向水靠近,越来越靠近我的敬仰
靠近大自然的神奇,峡谷的深蓝
还在持续上升,像我对水的敬仰在持续
我在靠近深蓝,不断靠近蓝色的心

如果这也是一场竞技,我愿意进行到底
像把上善之心紧紧拥抱在自己怀里
虽然我不知道八百米下水有多深,但我
知道水底藏着一个水底世界,就像知道

流过电机的水将把巨大电能输送远方
我仿佛看到照亮世界的灯盏,已经点亮
藏在山腹里的大国重器,每一件
都是从中国制造到中国智造的最好见证

(《星星诗刊》2022 年 8 月号上旬刊)

天河超算

梦天岚

指示灯在不停地闪烁,

那是天河里眨着眼的行星。

这个由数字构成的宇宙,

被压缩在排列整齐的柜机里,

让每一秒钟都紧张到快要窒息。

数字在繁殖,分裂,

数字在删减,吞噬,

数字在对抗宿敌,

数字在寻找盟友,

数字在指挥着它们的大军,

数字的潮水在占领一个又一个山头,

数字的堡垒被一个个攻克。

气球一样膨胀的数字,

因被视为异端而遭受孤立的数字,

戴着纠错红袖章的数字,

感染新冠后行迹无处可藏的数字,

相生相克的数字,

相亲相爱的数字,

小规模的数字,

大吨位的数字,

相互计算的数字,

共谋的数字,

肩头扛着 N 次方的数字，
装有烈性炸药的数字，
云一样聚集的数字，
在阳光下暴晒的数字，
在月夜里隐藏的数字……

它们的快，总是比快更快，
还不忘带上气喘吁吁的我们，
与整个世界，一路狂奔。

(《星星诗刊》2022 年 1 月号上旬刊)

数据中心

曹 僧

陪伴你坐着,在数据中心
星星闪烁,山仿佛山的样子
水却是水的凶猛和永逝
相伴,不一定是肩并肩的距离
你动动手指来到大厨近前
看美如何降神为几块食材
我眨眨眼,成为监控摄像头
惊悚着速度如何集锦为人祸
我们各有自由移动的栖所
黄昏吹海风,醒来在冰川
但头顶,不必太耐心就能听见
总有不断的飞行器在巡逻
我们知道,它们其实也在听
听欲望的鼓击,听情感的珠算
听这么多悲欢,这么多泛滥
在芯片迷宫里住着一个无名
人格缺陷者,多像黑洞
陪伴你,也许只是共在之想象
用我的电,和你的电相连
就像拇指猴攀在摇摇的草茎上
望洋兴叹,又疲软厌倦

(《诗林》2022 年第 3 期)

致王亚平

刘双红

你动听如青鸟的声音,冰清似雪花的气质
如传说中的飞天,从寰宇间来到我们的面前
就像在我的家里在我们的客厅,我的东方女神
你的优雅和高贵、博学和智慧,让我们如沐春风

此刻,400 公里外的苍穹,逼仄的空间站
你像希帕蒂亚*一样垒起科学的讲台
日月星辰早已安静,风雨雷电早已歇息
仿佛只有你挥动教鞭
天空才可以划出照亮寰宇的闪电
大海才能亮起航海的灯塔,你用奇妙的实验诠释
宇宙奥秘,让我看到无数的科学之星摩肩接踵
那些播撒到每个学生心田的种子
成为祖国无边无际的科学森林
"飞天梦永不失重,科学梦张力无限"
你娓娓道来,那是中华民族的浩然之气
你仪态万方地授业解惑,注解着东方巨龙
一脉相承的智慧和敢为人先的传统
就是你仰头时摇晃的马尾辫,仿佛都在推动
世纪之舟向远方飞越。你看,九百六十万平方公里
山川大地都在聆听你的讲学,树木花草都在

---

* 希帕蒂亚,古埃及著名数学家、天文学家、哲学家,世界上第一位杰出的女数学家。

观看你的科学实验，王亚平

我们不叫你航天英雄，不叫你铿锵玫瑰

我们叫你王亚平老师，那些追随你的青春脚步

此刻正与祖国、与你的血脉一起涌动，千千万万的

年轻学子的赤子之心

正与祖国、与你的心脏一起跳动

他们火焰般燃烧，就像

怒放在天空的鲜花

（《星星诗刊》2022年2月号上旬刊）

鲲鹏飞天记

田 勇

在他们血肉之躯内,早已有一只鲲鹏卧薪尝胆。

——题记

东方红一号

在东方,这神秘古老的国度里,有一只鲲鹏,早已卧薪尝胆。

这是神圣图腾,被美妙的音符唤醒,是五千多年历史的故国,在太空第一次自信地漫步。

它是一粒种子,萌芽破土。

它是一株苍松翠柏的幼苗,长出挺拔的枝干。

它是一棵大树浓密的绿荫铺展到浩瀚太空后,令世人感受到的一股奔腾的绿浪。

它是神赐予一个民族深远的福祉。

它开天辟地,长成祖国的第一双千里眼。

从它身体里流淌出来的声音,悦耳动听,是山川、草木、溪流,被一轮红日撞响的声音,一声声,敲响着民族尊严的边界;一声声,敲醒了一个民族的复兴梦。

长征系列火箭

长征,永载史册。迈步在复兴大道上,我时常回望那段艰苦卓绝的历史,从中汲取精神的力量。

高耸的雪山,泥泞的沼泽,密集的枪林弹雨……只不过是向死而生的集结号。它们巍峨矗立的身姿,令我想起后羿射日,想起那个追赶太阳的夸父。

从大地到太空一次次地奔赴,它们把时间浓缩成了一本书。

在每一章节,我都能读到石破天惊的一刻。

这些射天的箭镞,巍峨高耸。我总把它们发射时耀眼的火焰,当成一瓣瓣滚烫的玫瑰,绽放给祖国的一页页情书。

天问一号火星探测器

两千两百多年前,楚国射来的一支箭,带着屈子的困惑风驰电掣。

时间是一堵墙,显示出它巨大的统治力。

但伟大理想的一双羽翼,令屈子飞越了藩篱。他亲眼看见,一粒巨大的火星,点燃了竹简上的《楚辞》。

灿烂的,并不是真相的全部,而汗水和智慧浇筑的,永远是斯芬克斯一样的狮身人面像,一座恢宏的金字塔。

在太空抒写的一阕华章,以时空的距离,以薪火相传的方式,写出了屈子的惊叹,而这个惊叹号,将会成为一个十字路口的标识。

历史的拐点,总在意想不到的峰回路转里,露出葳蕤的气象。

祝融号火星车

着陆火星的刹那,不是梦呓,也不是神话、传说,但彼时,我确信它是一粒奔腾的火种,而光是它的基因。那些虔诚的信徒,总把神秘的天象,当作命运的符咒,悬于自己的胸前。

在火星上,能够迈出第一步的,也只有神自己。五千年的文明史,一直被困于神话传说里的《山海经》,从此大白于天下。

刀耕火种的一个民族,他们崇拜的神,就是最初划破黑夜胸膛,裸露出晨曦的那粒火种。

而后者,被不断地超越,直至神回归平凡的人间。

对于逐梦太空的一群人,某种程度上,他们已经超越了神对于人的定义。

神舟系列飞船

它们是一只只神奇的大鸟,是一只只鲲鹏。

梦蝶的庄周,也梦到了鲲鹏,一个小小的茧子,为了化茧成蝶,为了飞翔的理想,脱去了沉重的肉身。

一鲸落,万物生。一只大鱼,为了游进天空倒悬的海,也生出翅膀。这是一种幸福,但它的莅临,绝不是凭空而至。

庄子是伟大的浪漫主义者,也是伟大的预言家。与庄子的邂逅,不是在梦里,就是在现实主义的教科书里。

庄子教授我浪漫主义的理想,但现实主义,教会我脚踏实地,像一架犁铧,要深耕大地,犁开土地里冬眠的潮汛。

我左手青睐浪漫主义,但右手更攥紧现实主义,我攥紧掌心里的茧子,像攥紧了理想的钥匙。

嫦娥五号

38万多公里的奔赴,绝不是第一次。

这遥远的距离,成为一种宿命。

你是熟悉这片土地的，一个一生擎着月光，照亮故国，思念成疾；一个为了相聚，义无反顾，在所不辞。

在万众瞩目的一刻，谁第一次踏上月球，谁就是她的亲人；谁第一次带着这里的一片月壤，回归祖国，谁就名垂青史。

我坚信，嫦娥会长生不老，有九百多年前苏轼的《水调歌头》慰藉着她，有她的姊妹嫦娥五号，带来一封千里共婵娟的滚烫的家书。

这是决堤的泪水，铸就的一篇汪洋恣肆的史记。

天　宫

这里是另一个祖国，是肉眼看不见的悬浮的大使馆。

它也有神圣不可侵犯的尊严与主权，身处其中虽然失重，但怀揣的一颗中国心，矢志不渝。与祖国的心脏北京，保持绝对的同频共振。时间是北京的时间，语言是神圣的汉语。

每一个太空指令，都精准无误。与浩瀚无垠的宇宙相比，这针尖大小的国土别名，是另一座西沙群岛，或者另一座南沙群岛。

在飘浮的宇宙里，源自祖国的潮汐是血脉相连的脐带。

北斗三号

30 年，60 颗卫星，这是一篇数字领衔的文采斐然的华章。

成吨的图纸，在叠垒；辛勤的汗水，在浇筑。多少人前赴后继，多少人披肝沥胆。又有多少人，化作英魂，闪耀在太空。

只要你抬头看一眼夜空的北斗，你就会望见无数双明亮的眼眸，镶嵌在太空，环绕着它，闪耀辉光。祖国需要横空出世的英雄，否则，我们永远是邯郸学步，裹足不前。

一次大雨，足以摧毁泥塑的胚胎。

当麒麟不再是石塑的神兽，当女娲不再日复一日补天，当精卫不再一次次填海，我要它们暂时放下浪漫主义理想。

用现实主义笔调，抒写一部鲲鹏飞天记。

(《散文诗》2022年第10期上半月版)

寰宇中的航天城

王 童

那纵横交错的时空弧线,
那旋转刺破青天的帆船,
拖曳着一座航天城奔向了太空。
这航天城在东风的基地上,
这城郭映在碧波的湖边。
水珠溢出引力的波段,
水滴涟漪出了圆周的荡漾,
掷空的光碟迎来了寰宇居所。
我生活在这城池,
我点燃了生命之火。
我的公交是喷火的战车,
我的高铁是穿云破雾的火箭。
这城里往返穿梭着航天员,
这楼层奔波着梦幻的设计师。
他们让人长上了翅膀,
他们让鹰失去了幻想。
他们把货运飘浮进了超市。
超市纷扬起诱人的蟠桃,
超市旋转开群星的欢笑。
开启出酒泉牌的香槟,
痛饮着青空的甘霖。
那一刻出舱的快感,
那一瞬伴星的漫步,

是羽仙的化蝶,

是贤君穿过的天道。

天道奔行过 12 路客车,

天道盘山过缭绕的星云。

光速中的航天城点燃了霓虹的星灯,

星灯辉耀着千年的煜熠,

星灯排列着今朝的记忆。

我站在城市的塔顶,

我俯瞰着朝日掠过的街景,

航天城展现着飞天的壮丽。

(《诗刊》2022 年 1 月上半月刊)

飞向星际的钢铁
程　琳

多像我的父亲！这些来自大地深处的石头

土得掉渣,骨子里可都是英雄好汉

没有钢铁生来就是钢铁

既然烈焰必不可少,那就来吧!

可我必须沿着幽长的矿脉

长出钢筋铁骨

并沿着肋骨,把心砌进熔炉

就是这样,一颗颗石头

从大地深处走来,走过千山万水

从一种硬度抵达另一种硬度

淘尽沉沙,弃绝铅华,炙热的血

带着地心之火的黏性和浓度

越来越接近于无限纯粹

上善若水,至真如铁

千锤百炼而成金刚之身

撑起天空的穹顶

跨过时间的河流

力负千钧,抵御摧折、锈蚀

钢铁,从不羞于坦白

顶天立地的豪情

也不拒绝回忆幽暗的岁月

曾以石头的形态

和标枪的风声

从远古的洞穴奋力掷出

任凭洞口的篝火彻夜不熄

也无法驱散密林里低沉的嗥叫

和先民眼睑上的阴影

直到古老的东方

穿过星星的弹孔

迎来崭新的黎明

江汉汤汤,塞北莽莽

钢铁的种子曾经拱动

神州腹地,四面八方

锃亮的成色,和朴素的真理

一样属于钢铁

和站起来的人民

铁的力量

挺起龙的脊梁

守护着长城内外的和平

大河上下的炊烟

从哪里来,到哪里去

钢铁也是这样

第一场流星雨带来了最早的钢花

又把我们的天问

带向遥远的宇宙

悠长的楚辞

没有寄达的奇想,和盼望

龙的子孙,以事实的方式

捎往太空,返航的英雄儿女

耳畔还萦绕着神秘的天籁,星际的回响

我和父亲都曾战斗在金色的炉台上

千锤百炼的劳动

是深沉的享受

也是无上的荣光

我们的脊梁像钢铁一样挺拔

沿着钢铁的方向

更多的人们,新时代的劳动者、创造者

像旷野上的脚手架

大漠上的发射塔

向着星辰大海生长,飞翔

(中国诗歌网"太空诗会"第二辑)

赴 九 天

阿 英

祝融号

不算孤旅。小轮旋转一圈,数亿公里外的心脏,随着它颠簸。

不惧险途。披着横暴恣肆的飓风,在沟壑与岩刃边缘,辟出栈道。

火星,这太阳风浇灌的暗红色瓜果,悬挂于深空的永恒炭火,不发一语,无喜无悲,把时光啮为齑粉。

万千陨石对弈,落子砸下凹坑。所有的诗意被时远时近的转动甩干。

它破壳而出,徐徐展开太阳能板的双翅,蹒跚起步。

它研磨历史,从一粒尘埃感受宇宙的肇始,拓印文明的荣与枯。

它与横逆的射线、匮竭的水、流离的氧气、摇晃的物理场促膝谈心。

它用耳聪目明的传感器,提取幽微的呼吸,破译浩繁莫测的太空密码。

狩猎一道光谱,捕获缥缈的音律和慢词长调的新腔,弹奏一掠而过的琴瑟。

拜访隐居的矿物,翻阅久远的蚀刻,让沙砾粗粝的纹理,吟出泛黄的瑶函。

沿着山脉的椎骨,考证万物的序与跋,在流水的遗痕里,搜寻另一脉生命的故址。

从岩层的记忆中,打捞瀚海的回声,叩问140米深的脉搏,唤醒一巢孵化的酣梦。

有时笨拙。被肃坐的大石撞一个趔趄,被憨顽的小碎碴咬疼脚踝。

有时艰难。风声劲烈,沙尘暴提着厚毯,掳走太阳。

脆怯,却不曾停下。它把漫长的夜晚当作寒食节,并痛饮澎湃而至的日光。

它在这洪荒远境,察探山泽之险,以人类的胸臆,为悬危之壁命名。给氤氲混沌的世界,描画出清朗的身形,积攒成仓廪里厚重的收获。

一粒粒稻米般的像素,0 的沉潜,1 的跃动,排列为浩瀚的兵阵,在太阳系吐纳亿万斯年的潮汐里,像鱼群洄游,义无反顾奔赴蓝色星球。

它很清醒,自己是异境的氏族,自成一派的远征军。

它携带温暖的方块字,问候星辰,给太古的寰宇缀上一枚中国韵脚。

但它无意占领半寸疆土。

它什么也不带走,只留下了辙印。

这是人类虔敬的指纹,新征程最初的甲骨。

这也是大国工业的注疏,并为更加广博的卷帙埋下伏笔。

空间站

舱内,甜睡的种子伸了个懒腰。

杳杳低枝,害羞地探触。润嫩的根系纤软弯曲,像婴童蜷缩的手指，正慢慢张开。

这远方的生灵，科技的信使，涉过时空，删减了季节与大地，自由生长。

舱外，射线正肆虐。

这宇宙的宠臣，掠夺了水分与氧气，搜刮了色彩与温度，焚毁了生命与意义。

日光细小的鳞爪在太阳能板耕耘，阅读着微观电路，戍守珍贵的绿意。

它来自四百公里外的渡口。酒泉大漠，火箭挥毫，以赤焰的笔锋，在天穹书写出磅礴的交响曲。

在大气层边缘的驿站再撑一篙，画舫停泊于天界。雷达将雾霭的白噪声浣洗得澄明澈亮。

径向交会对接，热烈地投奔，有干杯的快意。

怀揣人类的灯火，谛听三枚茁壮的心跳时，它是坚贞的卫兵。

抵挡辐射的箭矢，避开异国流寇的滋扰时，它是悍勇的将军。

并肩的身影中，有一头乌亮的长发。那么，就把皓月悬在她的耳垂上，就用天际最纯的黛色点染那双蛾眉，再摘下山河辽远的飘带，系在她的腰间。

天幕之上，万星闪耀。

在地球母亲的殷殷凝视下，远航的采诗官，坚忍的行者，正描画出一幅横亘苍穹的新《清明上河图》。

大飞机

爬升。

昂扬的机头将天空一点点提亮。

疾驰在云层之上,朝阳递来第一缕赞叹。

良工铸剑,给广袤的空域镶嵌上中国的偏旁部首。

机翼切割出过去与未来的明暗。

它很轻。

钛合金的骨质,撕开风的帷帐,挣脱引力之锚。3D打印,筑起了专利的藏经阁。

它很重。

运-20的蹉跌,绝流而渡的搁浅,旧案里的坎坷,料峭的过往,在风洞中呼啸。

寒冷的旋流野蛮舔舐舷窗,直至霜花落满鬓发。以壮气豪心,循正道而行。技术的壁垒,合同的罅隙,最终化身为攻关后的冰消河开。

直上云霄,沿着盛唐飞檐的弧度,沿着垄断者审视的弧度,沿着性价比增长的弧度。

以沸热之血,搏动赤子之心。抚摸山水的翅膀,终于有了华夏的羽毛。

这是强国的礼器,挹起甘洌的酒浆,走上航天器第一梯队的红毯。

发动机奏响殷盛之乐。

引擎之下,天地不忘初心,万物荣华滋硕。C919,把云霭舒展成梦想的卷轴,书写出清健雅丽的华章。

(《散文诗》2022年第7期上半月版)

出 发 令

吴才华

一切都准备好了

我要给东风发个验证码

验证码里有一片海晏河清的 3D 影像

有一段奋楫竞渡的辽阔战歌

我要变身无人机

借助汹涌澎湃的新能源动力

飞过一座座镶在信息高速公路上的城

越过一处处美丽振兴的村

看长江奔向色彩斑斓的天际

看泰山闪耀千年叠翠的光辉

看高铁疾驰打开一幅幅雄伟的画卷

看巨轮远航激扬一朵朵豪迈的浪花

屹立的塔吊升起万木竞秀的信念

呼啸的集装箱车踏上彩云追月的征途

我要变身钢铁巨人

操控高精度的机械臂

从七个自由度画出精妙入微的彩虹

启动气场强大的高端设备

在高纬度的对流中飘洒明亮的星雨

要为"灯塔工厂"积攒能量

淬炼传统工业的蝶变之光

让时代的春晖笼罩"专精特新"的蓝海

在绿色低碳的大地上精耕细作

种出先进制造的森林

我要变身独角兽

用自主设计的工业软件

指挥数字精灵跳起芭蕾舞

用人工智能的激情

演绎机器人出神入化的魔法

要发动集成电路胸藏百万兵的洪荒之力

调度区块链和大数据形成突围之势

插上 5G+工业互联网的翅膀

冲破新材料编织的时空隧道

飞向奇幻而浩荡的元宇宙

我要变身科技达人

举起山鸣谷应的鲜红旗帜

敞开新时代万川入海的胸襟

把五光十色的方言

融会成一部气势雄浑的交响曲

要跟随葵花向太阳的方向

不负牡丹香远益清的初心

把十四亿人的智慧拧成高能激光

割开一切被堵塞、被封锁、被锈死的闸门
抢占星河起伏的制高点

我想起夜以继日的浪漫
最希望变身为新型储能的充电宝
给太阳接上不间断电源
因为夜里也需要太阳照射
才能使创新孵化器和现代产业园
像植物光合作用一样，快快拔节生长
是的，等不及了
万物峥嵘！所有粒子都进入了加速器
我要按下风云际会的指令
和你，即刻出发

(《诗刊》2022年10月号上半月刊)

从能工巧匠到大国工匠

刘　洋

六十余载的时光隧道

只隔着一道薄薄的墙

轻轻地叫一声师傅

依然能听到他们说话的回声……

吴家柱、林海丰、吴大有……

他们都是万千工人的师傅呀

那个年代的师傅和自己的爹妈一样亲

在纯朴的工人眼里

他们更是了不起的能工巧匠

那年月，日子又苦又贫

一碗开水兑几滴酱油就是美味

师傅们饿着肚子依然合力拼搏

舍己舍家，为厂为国

他们披星戴月

穿梭在企业车间班组和厂矿

攻克难关一个又一个

获得专利一项又一项……

他们心有长子情怀

奋发图强，忠诚担当

听父辈讲
几代人中几十个、几百个、几千个
像师傅一样的能工巧匠
他们精益求精,一以贯之
把工匠精神的血脉
镌刻在后辈人心房
薪火相传
才有中国工业革命的旗帜
迎风猎猎,高高飘扬

今天,我们国富民强——
长征号运载火箭升空
复兴号高铁列车驰骋大江南北
辽宁号航空母舰南海巡防……
"中国制造"的密码
早就雕铸在大国重器的部件上

人们不曾忘记
一代代勤劳智慧的师傅
国家和人民赋予你们
最响亮的名字——大国工匠

(《诗潮》2022年第4期)

新能源之歌

黄清水

风　能

时光的相视一笑，2000 年前的桨叶，从风中得到了什么重要的启示？

风车在转动，垂直的翼板抽动水渠里的水灌溉作物，或凭借风力碾磨谷物，历史的相似探索，在荷兰重获新生，或以民生为底色，谱写风光的朝向。

时间拥有耐人寻味的阐释。风能，第一次被命名，第一次走进大众视野，白色的塔座，白色的扇叶，贴近白云的颜色，贴合着白鸽的翅膀，当它不停地探寻在一座座岛屿、草原牧场、边远山区，或者矗立在人们的心中。

它，以站立的身姿去抵近风的无限能量，抵近风的清白、干净、洁效，去转动涡轮叶片，转化气流为电能。这四面八方的风被收集、储存，从时间与空间中位移，或者幻变，代入生活的场景中去。

提水、供暖、制冷、航运、发电，来自大自然的热爱与爱护，生命的光芒不只用来驱逐黑暗，更多时候，风还以每秒 3 米的速度靠近，对准桨叶的十二种理由，吹动童真的爱与美梦。

当它不停地旋转，晚霞顺着红树林蔓延下来，时光的色泽，拥有万千种待定的笔触，一阵风吹过来，美好的一天在这里画下句号。单车不再羞涩，灯光将黄昏唤醒。

此时的海边，风有风的呼吸，云有云的行程。沿着岛屿去聆听海浪的步履，去感知生命的别样芬芳，来自风的一千万马力，空气流速的触角，讲述着大地的转折。

风轮、发电机和铁塔,三位一体,收集着来自童年的秘密、乡愁的风味,收集着看不见摸不着的真理,或者只是将来自山川湖海的问候,以另一种方式,通过传动轴与发电机的孵化,抵达千家万户。

这是来自风的祝福,这是来自电的祝福。

空气动力推动下的力量,亲情、友情、爱情,在一刹那,获得某种心灵的安详、沉静,获得无限的荣光。风能的生命不会终结,也不会止步于此,当我们从中感受到一种光与热,便已经得到了,来自风车的智慧与信仰。

潮汐能

提取昼夜的能量,摇曳着海浪的奔驰。

保持着对潮汐和潮流的两种语言,海水拥有不可复制的诗意,或抒写潮汐电站的原理,或抒发潮汐能的能量共振,或把水堤的十万吨海水搅动,通过水轮发电机组发电,将落潮后的势能转化为动能。

一种能量没有被浪费,天体引力下的宠儿,在我们惯看潮落潮涨、阴晴圆缺的同时,生命拥有更高的飞跃空间。

潮汐电站,新兴的名词。根植于大海的腹中,或选址于适宜开发潮汐电站的港湾,或栖息于感潮河口,建筑堤坝、闸门和厂房,通往春天的坦途,利用地球、月亮、太阳的吸引力和热能,吟咏着新能源的价值取向,一些寻常的诗句在这里失去了光泽。

海洋的馈赠与给予,总是给人意外的惊喜。电,从这里传输,海浪的曲线在猜测明月何时圆满、何时盈亏。

站在海岸线，眺望着远处的灯塔。乡愁越发浓郁，故乡在血液里流淌。一种不被遗忘的信仰和理想，让生命之光焕然一新。那时，让潮汐能蓄势待发，从单库单向电站，延伸到单库双向电站，再延伸到双库双向电站。

潮汐能发电，是时光醒着而向山海，是带动城市繁华的动力，是游子穿行异地与故乡的必经之路。

生物质能

绿色的变革，打开了动植物的百宝箱，低碳赋能，森林不只画布上的春天，一些秘密被截获，开出绚烂的繁花。

阳光在进行光合作用，释放氧气与记忆，树影掠过鸟的双翼，寻找家的港湾，或者用鸣叫，替代秋季慵懒的睡意。

废弃的秸秆从田间地头被收拢，木材从林间被救赎，生命的价值，总需要有人扶持一把，或攫取农产品加工业的下脚料，去赋予它诗性的语言。

当太阳在山的那一边不见了。风干的动物粪便就要回归大地，农作物要以另一种方式抵达山野乡间。就像我们流浪一生，穷尽旅途，终究还是要回到故土，去填充我们在童年时代留下的遗憾，或者为过去的自己去坚守一次家园。

当一切都尘埃落定，森林不再是秘密。负氧离子从高山上走进城市，空气里弥漫着树木的香气。节能减排，低碳出行，生活的有效步履在一公里之内，循环往复，周而复始。

生物质能正在悄悄改变着我们的生活,改变一切可改变的本相。或者将纵深推进,能量的形式转换,以生物为载体,转化为固态、液态和气态燃料,当这种碳源走进我们时,我们似乎要重新认识生命的无限奥秘。

从汽化生产燃气到燃料酒精,再到生物柴油、三餐、医疗、汽车、工业……想象是分娩群星的唯一勇气,生物质能将生命的有机体不断开创、扩充、重塑、命名,给予它完整的图景,超越生物的局限性。

我知道,生命总是以这样一种方式再生,缔造一个新的世界。

太阳能

我们与阳光隔着一个影子的长度。生命之花,从太阳的热辐射能里吸取光鲜,以斑斓的色彩装饰着我们的想象。

或者,还要想到太阳能,从热水器的喷头上倾注下时光的抚爱与关怀,那是来自一万光年阳光的疼爱与祝福。从一块太阳能板里,利用光热转换,聆听阳光的赞美与表白。

当人类从远古时代走来,翻晒着五谷杂粮、咸鱼腊肉,或者将大片盐田裸露在阳光下,为生活的艰辛添一种滋味,思与取,总是让人感叹,农耕文明的一汤一饭颇费思量。

或者,想象着太阳能光伏正以年轻的姿态出发,阳光的辐射能量以每秒22亿分之一的速度抵达,阳光的聚合,承袭着一座城的华灯初上,承袭着乡村振兴富足的一面,承袭着如画江山的描绘与着色。

或者，在朝南的窗户装上光伏设备，释放太阳强劲的热力，生活有了质的蜕变，就有了诗意的幸福和回信。当我们在户外利用有效的太阳能时，收集和转化阳光的能量，就像驯服一群奔跑的羊，当我们需要时，就让这些能量在夜间或者阴雨天气里，为生活续航。

生活的春天，不过是柴米油盐酱醋茶，推开窗去，看见春天的第一朵花开了，第一声鸟鸣叫了。抑或冲泡一杯浓茶，眺望着远处的山和海，知道阳光正在牵引着绿色的奥秘，知道生命与阳光息息相关，生活与太阳能拥有一条隐形的链条，吃、穿、住、行，似乎开始越来越离不开智慧的技术，离不开光化反应。

水　能

水，以无形化有形。

水，无时无刻不在我们的生命里流淌，或浸润，或洗涤，或澎湃，或缱绻，或将我们送往大洋彼岸，带来视野的另一种开阔。

当水拥有更大的魄力，流动、循环、旋转，或从高处飞流直下，激荡生命之光，水的压力或流速冲击水轮机，使之变化，水能转化为机械能，一种乡愁，被分解出无限的江河湖海，带动着发电机的启动，切割磁力线，产生交流电，生命的归途，由此清晰。辨识乡音，只是确认回家之路。

每个人的梦里都有一条故乡的河，回不去的，回得去的，这条河一直都在。当我们看到通过水力发电，灯光亮起的时候，1亿立方米的水进行了一次高难度的落差，这跳跃，是水的跳跃、生活的跳跃、工业的跳跃，也是地球的跳跃。

规划着大江大河的水能赋性,就是为生计民生赋性。我知道,水力资源正以千年一遇之机缘,悄然走近我们,防洪、灌溉、航运、供水、水产……水,托起生活的新篇章,我们以一滴水为圆点,赓续于千年文明的步伐。上善若水。水,生命之始。

让水电从千山万水中走出,走入寻常百姓家,走入街衢巷陌,走入绵长的日子里,为其增色,为其入梦。

我知道,在新能源时代,牵引我们的是能源脱碳,清洁,高效,可持续发展,保持碳中和,保持家乡的真善美,保持一种信仰不被取缔,当乡愁从我们的眉目间流转时,我们能想到的,是绿水青山,风味的酸甜苦辣,日子的悲欢喜乐。

或者,以水能为起点,重新出发,向着远洋行驶。一艘帆船,以江河湖海为镜,可知日月深浅。

(《散文诗》2022年第10期上半月版)

在一度电中奔跑
——致时代楷模钱海军
刘淑清

朴素，沉默，总是躲进绝缘层里
在金属的丛林里千回百转，让夜色
望而却步，让一台机器露出锋芒

一度电，坚守着自己恒定的信念
独守生活中的寂寞、空灵
送出的统统是热闹和繁华

一度电，
从不停息自己忙碌的脚步
那是移动的爱，走到哪里
都给出家的味道

一度电，给世界的永远是爱
历尽炎凉后，依然向世人张开
温暖的怀抱

我经常看见
一度电在你心中闪烁
也经常看到
你在一度电中奔跑

（选自作者自媒体）

在长沙,听天河二号心跳
谢克强

站在这封闭的房间里

骤然　我的思绪左冲右突

一个数字计算的门外汉

却想从计算的数字里

寻找诗意

瞧它　以光与电的速度

整整齐齐列队　迅速走近我

令我抑制不住剧烈的激动

静静　听它光与电的交响

不绝于耳

曾借云天的耳朵　欣赏

黑白琴键交错起伏的愉悦

也曾借大海的耳朵　体验

潮汐波涌浪卷的壮阔

今天　纵有云天大海的耳朵

也品赏不够它心跳的诗意

每秒　每秒超十亿亿次

这是一个天文数字　也是

一个惊天地泣鬼神的数字呵

我知道　如果没有强大的心脏

怎会有如此快速的心跳
这强大的心脏　我以为
就是创新的科学技术

(《诗刊》2022年4月号上半月刊)

海底神探
——致敬蓝鲸 2 号
宁　明

以四万四千吨的超强定力
稳站在十六级飓风的惊涛骇浪中心
依旧专心致志，心无旁骛地做着
可燃冰开采课题的刻苦钻研
在你头脑中却从不曾闪过，任何一个
可以随波逐流的念头
你挥动着两只铁塔般有力的臂膀
以左右开弓的高效率
直插比马里亚纳海沟更深的海底
让深藏了亿万年的秘密，终于浮出水面
成为照亮人类未来千年的瑰宝
你以不动声色的沉稳表情
迎接波涛之上的风云变幻与日出日落
而潜在水下的大半个身体
却一刻也不曾停止计算与分析的忙碌
并已练就世界一流的平衡能力
由两万七千多台设备组成的巨无霸
像人体的各种器官彼此默契合作
四万多根管路，打通了周身的脉络
从此，这个 118 米高的东方巨人
便傲然屹立在碧海之上——
无论是波涛的喧哗，还是暗涌的角力
都丝毫不能动摇向更深的海底
笃定探寻人间奇迹的决心

（《广州文艺》2022 年第 10 期）

乘坐海上吊笼
王桂林

登海洋钻井平台,要乘坐海上吊笼

说是乘坐,其实都是站票

说是吊笼,却必须站在笼子外面

一次最多可乘坐六人的吊笼

从驳船上,吊起到一百米的高空

才能把你平稳送达,那片海上陆地

你可不要以为,这是在你家

秋高气爽的场院里荡秋千

可以把自己,和自己的笑声

随意荡到云彩里去

你必须双手在绳索内交叉抱紧

在上升的途中不能丝毫松懈

你看到脚下沉陷的大海

可能还会感到眩晕。如果你是诗人

这时也许会想起普希金

"大海啊,自由的元素"

但你被动地飞翔,并不是自由的

你看到他就在对面,不到三尺

这是一个神明距离,你可以屏住呼吸

直视他海水一样的眼睛

第一次乘坐吊笼,难免会感到恐惧

人生的第一次总是如此

新鲜而无知,无知而恐惧,这很正常

你可以闭上眼睛，默念埃利蒂斯
那个爱琴海歌手，如何能把吊笼
变成一串疯狂的石榴，带着
新生的叶簇跳舞，"使帆缆高高地
在透明的天空，震响……"

(《诗刊》2022年1月上半月刊)

"硅"向未来
龙小龙

曾几何时,我在深思
该怎样表达对浩瀚宇宙的敬仰与尊崇
我也曾叩问
是谁造就了这颗美丽的蓝色星球

时空深邃,人类文明生生不息
当我们仰望一切
当我们俯瞰这片辽阔无边的大地
赐予芬芳的神奇沃土
歌颂海阔天空,长河落日
谁能紧紧握住,稍纵即逝的光阴

因为神圣
所以感动

一颗小小的沙砾
却是蕴含巨大能量的生命场
以不同的意识形态
形而上和形而下的多种方式
帮助人类抵达更深层次的思想和智慧的境界
飞越一座又一座精神巅峰

在半导体技术引领下

它们化身智慧大脑和数字传输的桥梁

每一个因子

都在酝酿、在蓄积超越时空的灵感

在能源大变革和信息大爆炸的时代

作为光伏发电的灵魂

硅和它的子民,举着无处不在的阳光之旗

照亮整个世界

当追逐绿色生态的方式成为生活主流

硅,不负文明使者的担当

构建起清洁低碳、安全高效的现代能源体系

汽车电动化、能源消费电力化

电力生产清洁化

所有的燃烧都转化成零碳排放

所有的喧嚣归于平静

让科学的高度抵达哲学神学的终极思辨

低眉颔首,凝眸现实

我们怡然自得地走过绿色田园

我们穿越渔光小镇

光伏与智慧工业农业遍布大江南北

我们光明正大地在阳光下相拥相依

饮着幸福的泪水

感受人与自然的和谐共生

取之不尽、用之不竭的太阳能啊
通过硅的高效传递
为人类提供持久的生命力
创造无限可能的人工智能
赐予我们磅礴的力量
为人类社会发展贡献无穷的智慧

从清洁低碳到安全高效
从能源产业到信息产业
在我们看得见的未来
科技与文明得到深度融合
走向人类命运共同体的目标
属于硅的新时代已经来临了

带着千万个为什么
解码昨天和今天的因果关联
万物蓬勃的规律和趋势
探索宇宙的奥秘
一起回归自然，也一起面向更多的未知世界

(诗集《新工业叙事》，中国言实出版社 2022 年 1 月版)

与机器人共进晚餐

喻 言

与他相对而坐

只在我面前铺上餐布

洁白的陶瓷圆盘上

一朵鱼肉拼成的鲜花

在薄雾缭绕中若隐若现

背景是古典乡村音乐

他面前一如既往

空空荡荡

盯着我手上忙碌的

银光闪烁的刀叉

他目光中有迷茫也有仰慕

这种古老的交流仪式

对于没有味蕾程序设置的他

本质上是一种折磨

而对于舌齿功能退化的我

则是一种挽救

座位上镶嵌一片充电的金属装置

当他坐在上面

就以舒适的节奏开启能量补充

这个时代,人类依然坚持

通过嘴巴获取营养

机器人用屁股得到动力

这是人类与仿人类最大的区别

食物已高度浓缩

我们的肠胃正在萎缩

味蕾像梦幻一样一个个破灭

顽强的基因依然支撑我

定期请机器人共进晚餐

星球上濒临绝迹的餐厅

透过巨大的落地窗

看得见整个银河系

美丽的星云图神秘而深邃

我一边吃着充满象征意义的美食

一边滔滔不绝向他倾诉

人类天赋的权利

我非常清醒地认知

保住嘴巴就能保住人类的延续

只要嘴巴依然拥有吃饭

与自由的话语功能

我们就不会灭绝

(《花城》2022年第1期)

机 器 人

张晓雪

1

它过人的能量
以"虚怀"和"恳切"示人。

了无生趣时,
它为我播放音乐,沏一杯茶。
铺开白纸,用颜体楷书抄写了
一首古诗。

2

流水线上,它分送玫瑰、蜡烛
和蛋糕,如同抚慰一个个陌生的

亲人:"今天是你的生日啊,
我的小主!"

对方虚弱了一下。仿佛撞到了
一个结痂的小伤口,

她双手冥合,像真切地获得了
一个愿望。

3

它疏于自述,却是对弈的高手。
耕种瘠田,挫败了劳动模范。

它礼赞春日,对于脱离轨道的歧路,
则侧身回转,挥臂变冷:

我怀疑你,反对你,我
离开你。

4

大雨来临,一个踽踽独行的人
克制着坠落感,等候机器人
擎伞接送。

明明与它走在一起,你却备感孤独。
只因它不牵你的手,只因
它交不出一颗
欢喜心。

(《深圳诗歌》2021—2022下卷)

高凤林：给火箭焊"心脏"的人

贾建成

把青春的 80% 给了车间，15% 给了学习

5% 给了家庭，这就是航天特种熔融焊接工的全部

能给运载火箭焊"心脏"的人

必定有比运载火箭还强大的心脏

一个焊接面罩，一把焊枪

两件武器，却用极致诠释生命的意义

面罩里，他已隐入另一个世界

0.16 毫米，是发动机上一个焊点的宽度

0.1 秒，是完成焊接允许的时间误差

每一次焊接，都是技能与体能的挑战

发动机喷管上，数百根几毫米的空心管线

管壁厚度仅仅 0.33 毫米，细如发丝的焊缝

三万多次的精密焊接操作，让发动机充满青春活力

他不关心三月桃花开得有多美艳

他不关心十二月大雪纷飞又缠绵

他只关心在焊弧里寻觅神话

他只关心 38 万公里的路程

怎样把"嫦娥三号"探测器安全送上月球

他只关心每有新型火箭型号诞生

他们必须适应更艰难的焊技考验

他与太空对话，与人类的进步共勉

他喜欢在另一个世界里思考

哪怕在车间一待就是几百个小时

甚至难以入眠，看着焊花结出成果

看着大地上春意盎然

享受"长征五号乙""长征六号""长征七号"……

或者更多，飞越太空的快感

他喜欢看到火箭尾焰1700秒稳定地燃烧

他喜欢听到遥远星球传来悠扬的歌声

更想看到人类在征服月球抑或火星中

有中国航天特种熔融焊接工留下的清晰足迹……

（微信公众号"甘肃诗歌"）

坐上高铁,去看青春的中国
刘笑伟

1

是的,又到了启程的时刻
第100站,我还在回味
逝去岁月的风景。已经足够辉煌了
那些诞生于真理中的火焰
星星之火,点燃了那片沉睡的土地
多么辽阔啊,像信仰一样
那些金色的信仰,那些燃烧在
枪林弹雨中的牺牲,那些隐藏在
历史褶皱里的,被光阴挖掘出来的
闪亮,让我持续地感动
我无法一一诉说,却值得自己一生珍藏
让信仰之光照亮前行的路
让热血的流淌,给生命带来感动

2

是的,又到了启程的时刻
坐上高铁,去感受沧桑巨变
在时空中穿梭,以飞翔的姿态
岁月深沉,种下的一颗初心
在古老土地上迅速发芽,茁壮成长
眼前的风景已让我认不出

"欢歌已代替了悲叹

笑脸已代替了哭脸

富裕已代替了贫穷

生之快乐已代替了死之悲哀

明媚的花园,已代替了凄凉的荒地"

让我感动的,不仅是那些高楼大厦

还有那些细密的乡愁

不仅是人们的笑脸和富裕的生活

还有绿水青山堆起的金山银山

一路的风景,让人感叹不已

变化太大了,让人认不出

这个百年之前,还在油灯与柴火之下

呻吟和饥饿的中国

3

是的,又到了启程的时刻

坐上高铁,去看充满生机的中国

这宽敞舒适的空间,是中国的

汹涌澎湃的动力,是中国的

复杂灵敏的操控系统,是中国的

高效率的调度与繁忙的节奏,是中国的

我看到天空变得越来越湛蓝

行驶在广袤的大地上,风像早晨一样
清新。小河如蜂蜜在地平线上闪着光
我看到早起的人们,背负着纤细的梦
在田野上,在车间里,在工地上
种植大片的阳光。我看到越来越年轻的声音
在天空中飞翔,带着散着香气的胚芽
正在突破黝黑的泥土
准备点燃光的版图
我看到无数个创意的翅膀
在翻滚的浪花间滑翔
准备登陆梦幻的海岸

4

是的,又到了启程的时刻
坐上高铁,去看青春的中国
这一站到达的是"抗疫"站
这里青春的面孔,深深地打动了我
这些脸上依然稚气的孩子
正肩负起民族的重任。脸上密密的汗滴
诉说着一个又一个惊心动魄的故事
厚厚的防护服,筑起一道连绵起伏的堤坝
筑起中华民族健康的屏障

这一站,到达的是"科技"站

中国人的梦想,璀璨得让太空升起

多少颗闪亮的星星。梦想的金色大厅里

歌声越来越充满青春的力量

放飞神舟,让年轻的梦一飞冲天

在太空印上大红的中国印

放飞嫦娥,让中国人的神话

在月亮之上,真实上演

还有更多的梦想,更多的希望

比如登上月球,建起空间站

这将是用中国人的科技,一米一米

托举向太空的自豪

这一站,到达的是"脱贫"站

"一个都不能少",是中国共产党人的

铮铮誓言。在茫茫大山中,种下一粒种子

在茫茫戈壁滩,挖一眼甘泉

8年时间,近1亿人脱贫

这是书写在世界脱贫史上的人间奇迹

东部与西部携起手来

中央单位加入其中,军队加入其中

12.3万家民营企业加入其中,参与"万企帮万村"……

涓涓细流,汇成奔腾的大河

浪花挽着浪花,向着波澜壮阔的大海进发

5

是的,又到了启航的时刻

七月,把山川溪流都染上金色

光芒四射,光在种子里奔流

光在麦穗里激情行进

光在大地上播撒青铜的旋律

光在旗帜上书写璀璨的荣光

坐上高铁,闪回岁月

从一艘小小红船,成长为巍巍巨轮

100年光阴,在一个政党的手中

辉煌灿烂

惜墨如金的巨笔,在古老中国尽情挥洒

一个庄严壮丽的国度

一个大气磅礴的国度

一个朝气蓬勃的国度

一个青春不老的国度

在亿万双勤劳的双手中

一代代逐渐打磨成形

绽放出瑰丽的光芒

青春中国啊，山峦在朝阳间

大声地朗诵时光的云朵

草原舒展，雨点的手指

在草尖的琴键上弹奏绿色的交响

南国的椰林、木棉，在热气腾腾的早晨

——苏醒，成为春天史诗的一部分

新疆的棉花，纯洁无瑕，温暖如阳

在大地上燃放七彩的焰火

珍珠般的南海小岛，唱出爆破音

汇入了豪迈雄浑的七月大合唱

七月，镰刀收割着金色的希冀

锤头击打着青铜的天空

群星璀璨，照彻天宇，每一颗星辰

都吟唱出 100 年的青春

100 年的古老，100 年的牺牲

100 年的奋斗。"清澈的爱，只为中国"

你和我，用疾驰在大地上的爱

共同见证，100 年的

盛满光明和激情的盛典

6

是的，又到了启程的时刻

让高铁穿越春风呼啸的中国

穿越浩荡的平原、山川

穿越怀揣梦想的草木、森林

穿越大风中歌唱的鸟群

穿越抒情诗般明亮而多情的炊烟

穿越梦想的心跳,在14亿颗激荡的心间

共同蓬勃跳动的金灿灿的希冀

穿过激流险滩,穿过千难万险,凤凰涅槃的中国,青春壮丽的中国,生机勃勃的中国,热泪盈眶的中国

100年冲刺后,再次出发的中国

前方,那个光辉的站台已逐渐清晰可见

那个站名已被我们的梦想大声朗读:伟大复兴

(《诗刊》2022年9月号上半月刊)

一枚竖立8分钟的硬币

陈 赫

时速350公里的列车上,掉头一去
风就把黑发吹走了
模糊的事物渐渐降临,只一眨眼
就怕自己便不再是少年

江河万古不动,一样的慨叹着
背光的幽暗处
留下惊鸿一般的短暂
——但有两样东西,却越发清晰了

时速代表着中国的名字,成为
世界上高速铁路,运营速度最快的国家
竖立8分钟不倒的硬币,代表着
一代又一代的铁路人,把高铁二字
推向了世界之巅,并盛得下
所有投来的目光

我们可以自豪地说起,在这个时速的线路上
中国高铁的舒适性,与平稳性是最高的
一碗水的波动,都难以寻见
这话并不谦虚,但没有人可以反驳

像我说起祖国的名字,就会汗毛直立一样

当我说起中国高铁,大拇指就翻出了手掌

声若洪钟,字如惊雷
我想把中国高铁讲给每一个人听
——源于自豪,源于头顶上
有五星红旗的飘扬
——源于骄傲,源于背后面
有十四亿火热的目光
——也源于一枚竖立 8 分钟的硬币
会延伸至 16 分钟,32 分钟,64 分钟……
并由此无限延伸

(《星星诗刊》2022 年 1 月号上旬刊)

钢铁托举每一个词都举重若轻
程向阳

动车组抱着春日暖阳,为蝴蝶

接风,也为蜜蜂饯行

惠州北站,阳光如鸟雀

在钢轨和信号机上腾挪跳跃

井然有序。仲恺、博罗北与河源北

站与站相连。怀揣道路和光芒

在喧嚣和静寂中荡漾着风生水起的颂词

环城绕镇。京港高铁赣深段守着一幅好山水

大地辽阔。花草果树次第更新

一路前行,城乡互通有无

青瓦白墙勾勒出富有的月光

挥洒城乡一体化的古朴典雅

更多发光的词语,在春色里汹涌

弥漫。直到一缕缕炊烟在天空涂鸦

直到阳光越收越紧。再往前走

万物皆具内涵。有一笔浓墨重彩

被钢铁带动,勾勒出光明的盛典

偶有越来越细小的鸡犬之声

间或撕开云层和空气

串珠成链。画册里透着妩媚和壮美

彰显大地仁厚、阳光友善、民风淳朴

譬如线装的光阴,被倔强的骨头
敲打出龙川西、和平北
被白云烘托牵引着清亮高洁的诗句
打通了连接京港高铁赣深段的曲径和通途
天空蔚蓝也执着。木棉花、风铃花,还有
不知名的花草,更完整地交给春天
开在热情似火的南方。你我都是见证者
打造出美丽家园。向阳花开

始发或抵达,集结或散开
宛如眼前的滚滚东江逝水
面对钢铁,每一个词都举重若轻
在祖国大地上,惠州北站宛如一个诗意的词
让我想起更多细微和谦逊的事物
宽以待人,美好而简单
怀抱你我的诗句和颂词
无草堂添笔,无诗仙之豪情
文字的留白显得夸张、忐忑
更多的钢铁,管辖信号连锁、监测浏览
轨缝密贴,所有的词皆能达意

成为血液、动力。高速飞驰成为璀璨之光
沿途递给我一条延绵悠长的银屏山隧道

此刻，我所有没说出的话

如开在你的鬓角，像东江边的芦苇花

有些欲言又止，像独挂夜空的一颗孤星

也要发出最亮的光，照彻人间

(《人民铁道报》2022 年 3 月 25 日"汽笛副刊")

我喜欢铁路桥上有一些星星

惭 江

火车从桥上隆隆驶过
它是时间的叙事部分

从此岸到彼岸,一块铁横在那里
屏住呼吸
好看的弧形的栅栏镂空深处
是钢铁的抒情部分

一块铁在另一块铁上飞奔
总得留下什么,比如将溅起的火花焊接在天幕

这里是郊外。一切又将陷入沉寂
仿佛火车从未到来
一块铁屏住岁月的痛楚
因此它的沉默比一块夜色更黑暗

(《福建文学》2022年第2期)

高速中国

刘成渝

高速公路

再远的距离，只要用高速一拉，就近了。

盘绕在山间的羊肠小道被拉直，无法跨越的深涧被连接，人为设置的间隔被打通。

相邻的土地被高速一拉，就是抱在一起的兄弟。宽阔的海峡被高速一拉，就近在咫尺。

很少往来的远方亲戚被高速一拉，就亲密无间。

高速，正在把960万平方公里的土地连在一起，握成拳头，汇集中国力量，让中国速度在"一带一路"上，牵引着世界奔跑。

筑路工人

停滞太久了，必须追上去。

要让每个人都以中国速度奔跑，要把高速修到每个县、每个乡，甚至每个村口——

一抬腿，就是高速。

筑路人要去大山里安营扎寨，在每一座山前叫阵，要解开大山套住山里人的手脚，要架设云梯把逼上悬崖的人接下来。

我们停滞得太久，必须每个人都跑起来，不能有人掉队。

筑路人一生都在偏僻、荒凉的包围中左冲右突，用一段又一段的高速，把一个村、一个乡、一个县送进奔跑的大潮。

只有奔跑者在一次又一次超越目标。流下的热泪，在不断慰藉着他们。悄无声息地用自创的掘进机前行，在孤独与寂寞中，向打通祖国最艰难的道路发起冲击,让高速网络畅通无阻,让每个人都奔上追梦大道。

奔跑的村庄

高速修进村庄,一个村子都在高速上奔跑。中国,就再也没有掉队的土地。

最小的村庄和最大的城市可以在高速上并排奔跑。大多数时候,村庄奔跑起来,河流就会作为摄影师沿路追赶,把中国速度的最美影像留下来。

红辣椒,拿着订单,把火红的日子送给城里的主人;

甜甘蔗,把蓄满甜蜜的日子打成捆,用鼠标分发给城里的大街小巷;

果子从果树上跳下来,守候在树下的市民,就会像守候在学校大门口的家长一般,把放学出来的孩子爱怜地接走。

鱼是渔民派出的信使。

石头是去投奔早年进城的亲戚。

一路上,只有土豆嫌村庄太过谦让,几次忍不住学汽车轮子自己滚动,企图超过奔跑的城市。鸭绒毛也曾有过解除束缚,产生飞动的想法。

村庄是城市抬腿就可以到达的远方。

再高的楼到了一株禾苗面前,就矮了下来;再宽的街道到了石板街,就侧着身子走;再大的广场到了打谷场,就收腹挺胸,向一束稻子致敬。

庄稼地是城市血脉相连的亲戚。

中国速度

所有人上了高速，就是中国在奔跑，就是960万平方公里的土地在奔跑。

5G是加油站，铺上月光的夜晚是服务区，累了，就傍着星星打会儿盹儿。

中国速度，就是让牛回到牛，让马回到马。把轮子安在每一寸土地上，每一个人的脚上，以中国梦为目标奔跑，以高增速的GDP姿态奔跑。

不管跑到哪里，草木都在摇旗呐喊。

领跑者，往往是与人最亲密的山鸡。每到一面山前，它们都要跳出来，争先恐后地跑在前面。鸟儿最喜欢与北斗合作，它们在前方导航。而大片的农田，则是节气握在手里的计时器，用由绿转黄的圈数，计算奔跑的时间。

中国速度，是禾下乘凉的速度；是两个遥不可及的城市转眼就能握手抱在一起的速度；是刚才还在陆上奔跑，转眼就是整个大陆在海上奔跑的速度。

(《散文诗》2022年第7期上半月版)

依然需要离愁和悲秋
——在高铁上复习唐诗

刘　频

依然需要离愁

将万水千山和九转回肠

盘在岁月码头的粗缆绳上

依然需要一杯别离酒,将这一叶孤帆

从江湖夜雨渡回今夜的灯下

一条扬州的鱼儿还在船底哽咽

那鱼鳃边,放干了一条春江的泪水

依然需要悲秋

将寒山瘦水和萧疏万木

作为所剩无多的盘缠,收好

依然需要将秋风削成一根拐杖

以百年多病之身,一步步登上秋风的高台

在余晖中跟死亡促膝交谈,正如

那个先人,还在地下念叨着人间

一列高铁甩开唐代的韵律飞驰

繁体的离愁和悲秋,在旅行水杯里

仿佛落水的书生,一下沉下去

一下浮起来

(《扬子江诗刊》2022年第5期)

东莞,新工业时代的加速器
汪　峰

加速器中,一粒质子
跑出了爱情的加速度,在东莞

我不知加速器的内部结构和原理,是直线加速
还是螺旋加速

但东莞有高铁、动车、地铁、高速路、航道
一粒质子,黎明即起,她自驾一个多小时
浩荡如洪流般在道路和轨道上滑行,梦一般抵达
清溪镇、大朗镇、松山湖新区、滨海湾新区……
新工业时代的森林,鞋跟提起
奋不顾身的力量

速度是魔幻的,如 IT 产业、婴儿车、玩具、手提袋厂
从发旧的鱼塘、稻田、荒山、滩头、村办街办工厂
刨亮成世界工业之都

荒芜了一夜
她在撞击中不断完成自身:遇到了金属中闪光的你
喜泪盈盈

一生要经受住怎样的爱,身体才会在流水线上
散开、收拢,智能机器人、智慧工厂、智慧城市自有

一颗滚烫和灼热的心脏，在东莞
你紧紧地捂住体内的鲜花不肯撒手

在东莞，你被一粒质子击中是幸福的
这接近光速的质子，以致命的速度，不断
引领着中国新工业时代的航船

（选自作者自媒体）

松山湖产业园

黎启天

1. 在松山湖，偶遇一棵松树

偶遇一棵松树，工业区的拐角处

松针，秒针一样的刺叶

铁青的，一簇簇，枝头挂着

金黄的，一根根，掉落在地

只要看一眼，就全身荡响着

故乡松针，一根根涌出的岁月

居然遇到了一棵松树

在挥舞着，机器钢臂的密林里

只要看一眼，它就向记忆之湖

投掷松果，水纹在一圈圈扩散

时间正从我身上一秒一秒地脱落

2. 松山湖之晨

机器安详，松木山平静

湖上日出，被起伏的凤尾竹林

托上铁塔的尖顶

万物降临皆如神旨啊！

云霞正在拭擦着天幕

一粒中子正在工业区里穿物而过

春天正在撞击着大地

有颗星星正向遥远的太空隐去

3. 还乡松山湖

那条隐入山顶的小路
还在游人脚下扭动
那片孤独站立了三百年的荔枝林
已成了大学城的校园一角

昔日的溪流,一直流到今天
那些浣衣的村中少女,她们的笑声
还会随流水飘来,她们的羞涩呵
你都曾——偷爱过!

(选自作者自媒体)

已经投掷的祝福,从来不会消逝
方 舟

在散裂中子源国家实验室
我看见每一个质子都像一个星球
蔚蓝、饱满、合矩。却从未进入我们的感知

它那么小,那么轻。我们一生
难以窥见,而且忘记为它称量
它缔结万物的本质,世界和真理的源头
带着这些小宇宙,我们启动秘密的生活
扶持前世与今生,光明与未来。在沉睡的
灵魂图像里,它耦合,旋转,自强不息

现在,它出现在地底巨大的加速器里
它以接近光的速度奔跑和呼啸
它身体的束流将撞开另一类中子的门
测试的未名者已经醒来,激发、逸出
和散射。遗忘的梦境开始露出一角
如闪电犁开天幕,乌木交出隐藏的虫化石

又一束质子。它瞬间从快切换到了慢
它损耗的能,被不明状态吸收
像已经投掷的祝福,从来不会消逝

(选自作者自媒体)

辑二

甘蔗田

胡 弦

这一生,你可能偶尔经过甘蔗田,
偶尔经过穷人的清晨。
日子是苦的,甘蔗是甜的。

不管人间有过怎样的变故,甘蔗都是甜的。
它把糖运往每一个日子,运往
我们搅拌咖啡的日子。
曾经,甘蔗林沙沙响,一个穷人
也有他的神:他把苦含在嘴里,一开口,
词语总是甜的。

轧糖厂也在不远的地方。
机器多么有力,它轧出糖,吐掉残渣。
——冲动早已过去了,这钢铁和它拥有的力量
知道一些,糖和蔗农都不知道的事。

这一生,你偶尔会经过甘蔗田。
淡淡薄雾里,幼苗刚刚长出地面,
傍着去年的遍地刀痕。

(《诗潮》2022年第2期)

永动机

祝立根

楼顶上轧钢筋的人,落日中

背砖的人,也是修建长城的人

修建金字塔的人

修建通天塔的人,有些伟大已经倒垮

还归了一堆碎石

有些长满了荒草和暮色

时光的刀刃,早已插进它们的骨缝

只有那些搬动石头的人,依旧

共用着一副相同的躯体

仿佛古老的永动机

仿佛肉身比石头还硬

比不朽,更永恒

(《诗潮》2022 年第 11 期)

另外的命运

林 莽

一块钢化玻璃从窗户上卸了下来
工匠师傅说再也用不上了

一块钢化的玻璃无法再用钻石刀切割
工匠师傅说只能当废物处理了
他用锤子轻敲四角,一块很大的玻璃
瞬间龟裂成许多均匀的碎屑

是啊,一些可再塑造的会有新的用途
一件不可改变的事物和有一定之规的人
便有了被淘汰或被清除的命运

我办公室的一块弧形钢化双层玻璃碎了一层
因为不易置换,为了避免脱落
工匠师傅在外面又附上了一层透明的薄膜
阳光下,那些碎裂的花纹折射出变幻的光谱
办公室里多了一种破碎的装饰之美

也许因为一次偶然的碰撞,一层玻璃碎了
也许因为得过且过,也许因为独特的造型
也许因为多种偶然的偶然
一些事情有了完全不同的命运

(中国诗歌网 2022 年 3 月 12 日)

小 王 国
雷平阳

推土机留下的两个土堆

四周积起玻璃那么厚的

一层薄水。杂草很快就长出来

布局和长短疏密有致

用心之美源于自生自灭的理论

只要我们清除记忆中的湖山景象

目光只看它们,不要越过边界

像巨人把捧在手上的盆景

当成无法进入的国度

眼前的世界就是仙境

两山沉浮于倒映的云海,云朵

长出青草。孤单的鸟用两个身体

飞行或啄食。一只青蛙在水底走路

以为潜得很深但绿色的脊背

露在外面,背后拖着

泥尘洇散的水波。另一只青蛙

蹲在土堆上鼓腹叫喊,颇像

生活在孤峰的人向天空敬献明亮的声音

我每天都会沉迷于类似的

小王国,它们由不同的物质组建

有大异其趣的存在感,随处可见同时又

隐匿于不见,转眼即灭

当巨人——野外作业的满身散发着

汽油味的工人——穿着水靴

从水面上哐啷哐啷走过,用脚

狠狠地踢垮土堆。一个无力自保的

唯美国度马上破碎。

站立在一片积水边上

就像站在一个王国的外面

(《长江文艺》2022年第5期)

玻璃与人

雨　田

某日　我从玻璃制品厂出来　有一种
无法说清的　被历史和记忆切割的快感
我知道玻璃的前生是石头　它被粉碎
而诞生　是火焰改变了它的命运　才与人相遇

我从物态的玻璃看见了死亡　另一种真实
触摸到我内心的伤口　谁让我的情感
如此冷却　从精神到精神都是彻骨的寒冷
玻璃是有骨头的　而人的尊严光芒才是本真的

日常的生活中　玻璃易碎　但我从它透明的语言
看见了擦痕　也看见了黑暗给我们留下的阴影
或许玻璃就是一种冷漠的火焰　正拒绝着
充满欲望的人们　人的骨头只能站立　不能弯曲

(《作家》2022年第2期)

玻璃窗内

李光伟

成排的施工用房

像父母张开的十指

托举着日渐长高的新楼

急遽的雨

抽打着活动房单薄的玻璃窗

这样的天气

把他严实地封锁在工棚里

忐忑的视线穿过潮湿与阴冷

在远处翻寻着

尚未安顿好的孩子

(《文学港》2022年第9期)

桐照码头

游　金

海风吹着晒在铁栅栏上的破布
吹着岸边剖鱼的妇人
内陆来的旅人问候她上午好
问她那一排排的、一排排的破布
是装饰海岸吗
不，那是用来赶鱼的
远些的浅水里，人们拖着大竹筐
在洗鱼——已被剖杀的、各种各样的鱼
它们将在岸边那些芦苇上晒干
那里已经晒着许多
和山地人晒萝卜干有着同样的朴素和古意
更远的码头上，高大的机械船已经停靠
穿着防水服的卸货工人在作业
把一筐筐海鱼从船上吊下，又装上等在码头的
厢式货车。大海从远处源源不断运来
回归的渔船。而近处，碎冰机不停工作
巨大的冰块被碎为冰粒装上手推车
折射出无数冰冷的光。靠着这些冰
浓郁的咸湿腥味，被送到内陆——
一种可被理解的未知生活。为了亲眼看看
渔民的责任田，内陆来的旅人被允许登上
一条正在解开缆绳的小渔船
转眼他们已经驶过几座小岛，现在只剩下
扩散过来的波纹，和海浪涌动的声音

（《扬子江诗刊》2022年第2期）

包 装
孙立本

计数板飞舞，无数只鸟鸣叫着

它们翅膀闪着黑金的光

一头扎进塑料瓶

填充白拷贝纸

封盖、贴签、装盒、打箱

打包机推动一粒粒银色的打包扣

咔嗒，咔嗒，咔嗒……

有节奏的音符飘过车间

我感到自己盛开的青春

在打工的生命中也被打紧了

包装的工作从四季的光阴中穿过

忙碌的一日，总是由

无数个被打紧的瞬间构成

（《轨道诗刊》2022 年卷）

外卖员拍鸽子

张远伦

天空需要多宽容,一双鸽子才能飞到这里
徐徐降落,在外卖员的面前

它们选择停驻在骑士的前方
他没有碾过或绕开,刹车,取出手机拍摄

白的鸽子翅膀有黑羽
飞翔的时候,定会是白闪电带着黑流星

此刻,黑的鸽子,敛翅
腹部的白绒像一场暖阳中的浅睡眠

黑得不彻底,白得也不透明
却足以让赶路为生的他,耽搁许久

我也放慢脚步,扭过头,看到两只鸽子
苍穹一般圆润,苦命人一般干净

(《延河》2022 年 9 月号下半月刊)

雾之上

徐 庶

清晨,大桥建设者与雾赛跑

我们跑到楼顶,身后,楼梯瞬间被取走

一步下楼,省下半生工夫

我们跑到山巅,山不见了

雾侵城,屋顶像呼救的尖角兽

跨江大桥成为桥之前,先得修炼隐身术

此时没人过桥,敢过桥的只有雾

站在雾之上,以为站在真相之上

我们长舒一口气,感觉自己飘飘然已成仙

转头,惊出一身冷汗:

危崖正递过来一把云梯

(《金沙文艺》2022 年春季刊)

贵阳北站

苏仁聪

每一次路过贵阳北站

我都会想起和父亲等待面包车的场景

父亲因为年迈离开砖厂

终于想起要回到家

他在小商贩那里买了一桶泡面

我坐在台阶上慢慢吃

那时,我还不会写诗

不知道如何描述旅途的艰辛

在那样的途中

父亲用他的大口袋装着

他遥远的居所

在人群中出现。潮湿的夏日

我们穿过人群如穿过一座墓园

我们在面包车里坐着

身体贴着身体,在拂晓时分

回到家

(《诗刊》2022年12月号上半月刊)

水 梯

霍俊明

那些在现场劳作的人

都已经走了

连背影和影子也一起

带走了

一个破损的铝合金梯子

却留了下来

它在高原的湖泊中

隔着水波

闪着亚光

擦痕不深也不浅

上面有过

曾经攀爬的人

修剪行道树的人

检修风车和路灯的人

凿掉路边山体即将迸裂的石头的人

水中的梯子

横放

和岸只隔了两米

渐渐招惹了水草的绿衣

多少都会引来好奇

一个梯子

被无缘无故地

扔在了湖水中

废弃物也在寻找它的

安身或葬身之所

几条白色的船

从不远处的孤岛绕过

既定的路线之外

尘世的脸

在金属的反光中

跟随着湖水

一起微微抖动

(诗集《梦的对岸》,国际文化出版公司 2022 年 10 月版)

雪山之下

李长瑜

巨大的风车,承接了雪山的银色
它的转动或快或慢,总能把一小片光
反射到太阳能电板上
之于能量,这应该是微不足道的
之于某种联系的不可或缺
一定有着背后细密的逻辑

太阳能光电板所具有的几何之美
并不挑战雪山的威仪
它们有相似的聚集、铺排、延展和辽阔
这是一种述说,也是一种领受
其实,收集阳光和风
并不比雪山放牧几条河流,更具有抽象性

雪山之下,高速公路和高速铁路
平行地通向远方。汽车、火车,不舍昼夜
载着人和故事,也载着
煤炭、矿石、钢铁和智能机械
而道路的上空,也常常会有一些鸟
不高不低地飞过

(《诗刊》2022年1月号下半月刊)

蜘 蛛 人
陈 仓

你们爬得那么高
如果不是接近天空
如果不是与太阳重叠
你们可能就会被忽略

但是现在
你们仅仅是一只只蚂蚁
你们之所以看上去
如此渺小,如此卑微
不是因为太轻,而是因为遥远

在低处生活久了
蚂蚁一旦走到高处
不知道是否头晕
我为蚂蚁提心吊胆

所以我紧紧地
用一根绳子系着你们
像牵挂一只风筝

(《扬子江诗刊》2022年第4期)

开 关

涂 拥

面对今天的开关,他显得力不从心
不再是简单一出一进
而要从众多孔洞中
找出光线,让其中一根
顺利抵达明亮的部分

一个下午,以前带给一家人光明
现在却只能换一个开关
他调动钳子、改锥、试电笔……
这些不改用途的工具
现在却纷纷旧貌换新颜

终于在天黑之前
他完成了一个换开关的工程
灯光从餐桌上亮了起来
也照亮妻儿欣喜
他却沮丧得像失败的将军

此时他站在黑夜的阳台
烟头忽明忽暗,谁也看不出
他曾经是一名电气工程师

(《诗歌月刊》2022 年第 1 期)

送 水 工

甫跃成

他每次进门都穿着鞋套。
他告诉我,有些人家讲究卫生,
总要在门口,递一双鞋套给他。
为了不给他们增添麻烦,
他总是自备鞋套,并提前穿好。
他穿着鞋套走进单元门,
爬上楼梯,穿过房门到客厅之间的
空旷地带,终于把一桶水
送到了我的面前。
他骄傲地说起这些,说起他如何
摸清了城里人的脾性。他肯定觉得
他是一个特别体贴的人。

我没有告诉他,这样穿鞋套
等于没穿。我无法拒绝
一个乡下父亲的好意。
两年多了,他一直穿着鞋套。
看来其他人,也没有拒绝。

(《诗刊》2022年9月号下半月刊)

送水女工

辛泊平

她肯定已不是少女，但她的脸上有少女的光洁
时光散漫，她的笑容若有若无

她把水桶扛在肩上，来自山泉的水
并未洗净她周边的尘埃

她走在尘埃中，阳光明媚
她的背影，被涂上一抹柔和的亮色

从一栋楼里出来，她手上多了一个空桶
她喘息着，轻轻擦去额头上晶莹的汗珠儿

她穿行在灰色的楼群，一辆电动三轮的马达声
淹没了一个年轻女人全部的脆弱与羞涩

午间寂静，她看到麻雀隐在树荫中休憩
几个吃小饭桌的孩子在街头相互追逐

(《星星诗刊》2022 年 5 月号上旬刊)

装 卸 工
富永杰

工地之上的阳光像重物一样
带着滚烫的体温
恰好落在了搬运工的肩膀上
而他们的对面,阳光也曾落下
只是常常落在了屋顶

(选自作者自媒体)

输 电 工
王志彦

他们比落日往前多走了一步
导线牵着杆塔,穿过一场突然被吹灭的小雪
人间便听到了光的推门声

尘世就这样一点一点亮起来了
城市的心跳加快了楼层拔高的速度
怀揣乡愁的人,是霓虹的天使

他们是光的私人医生,也是矫正者
在光的隐患部位,要精准地把脉与手术
不能让温润的照耀在暗夜缺席

他们体内荡漾的星星之光
已对称着万家灯火,每一根导线都是闪电的隐喻
为紧随而来的星辉输出旭日的花蕊

(微信公众号"太行诗刊")

小　满

李国献

工作在热闹的模房
感受着匆忙
正从水火交融里演变自己
我成为一厢最饱满的溶液
做了丝刀带水的俘虏

机床的守望者一直很安静
弯腰穿丝的姿势
如同弓起的镰刀
从没离开这个战场
就这样看着时间的导轮飞转
看着机嘴的一帘污水落下
并收割一串串火花

（中国诗歌网"每日精选"）

采气的人
——致采气工匠宋殷俊
王国平

采花的人在春天醒来

采蜜的人在夏天醒来

采果的人在秋天醒来

而你,一年四季都醒着

采气的人,要憋住一口气

把另一口气从地下"吸"上来

这需要多么大的气场

只有一个大气的人

才能从一堆火中取出栗

才能从一口井里取出气

(《银河系》2022年第2期)

女天车司机
符会娟

车间，一朵铁质之花

开在高处。高处的她

被手势与哨音牵引

工作在我们小幅度的仰望里

我，还有工友们

走进检修大库

总是习惯性抬头

向她俯视的侧影行注目礼

高处，一位低调的女王

操纵着整个车间钢铁的命运

拿捏与感知，手柄起落的分寸

女王的神态专注认真

她似乎洞悉空中抽象的道路

天车抓钳，特别像

蛛丝垂下来的巨人之手

车轮，转向架，侧架

这些钢铁的笨家伙们

不轻易服气谁的

但对她像一个例外

提升，安放

包括空中的斜线与弧线

钢铁们异常听话并努力接近完美

像高空中的表演
杂技演员一样的飞翔
让我们看见露了底的铁
那是四平八稳的铁
神秘而轻盈的另一面
累了,她会望望天窗之外

她的心或许被某朵云吸引
也在被一种超然的力量缓缓提升
但她更专注于地面上
不断排兵布阵的铁
她没有忘记,自己
只是暂时飞翔起来的
穿工装的铁
有待回到坚硬的铁中的
一块温柔的铁

(《中国铁路文艺》2022 年 3 月刊)

刷漆工的坚韧
伽 蓝

站在脚手架上刷漆

整整一个上午,他都重复一个动作

现在肩膀有些酸疼

而靠近窗户边的一块

还没刷。漆桶放在脚手架的搁板上

刷子蘸好漆

身子向左下方小心地探下去

探下去,将自己扭曲

成一个倾斜的"N"字

约莫一刻钟,他才将

这一小块刷好。当他缓缓从脚手架

站起来,像一个人

从老年慢慢回到青年时代

而他的影子在背后的墙上

也慢慢年轻起来

(《诗建设》2022年第一卷)

找北的人
王二冬

通往北极村的路上,尚明远从不需要

导航,满车快件是最好的指北针

从哈尔滨出发,啤酒哈着白气说,向北

途经加格达奇分拣,狗粮汪汪叫着,向北

在漠河极星配送站,小说已至结尾

两天两夜后读到两个字,向北

车窗外的茫茫森林、皑皑白雪和无际原野

那些走过又迅速被掩埋的脚印

都令人敬畏。再过两小时,尚明远

就可以穿过这片寂静之地,抵达北极村

他拨通电话,仿佛撩拨静静流淌的黑龙江

耀眼的红色,成为北纬五十三度的焦点

伊格纳斯依诺村的眼睛,隔江相望

在他们的艳羡和祝福中,炊烟又袅袅升起

一条路,跑了三年后,尚明远还是会惶惑

他时常忘记此刻的抵达,是白天

还是黑夜,尤其是夏至

晚霞和朝晖同时在他的瞳孔中五彩斑斓

而对于收件地址,他永远一清二楚

哪怕只有一个电话,简单几个字

他都能顺利送达,因为上面的"最北"二字

是独一无二的存在,比如最北哨所

最北学校、最北观光塔、最北饭店、最北医院

也就有最北的坚守、最北的爱情

最北的欢笑、最北的幸福

最北的世世代代

当他眺望，所见之处，皆是祖国的南方

一条条弯曲的快递线正在跃动

连接着山河渐暖、人心向善

(《诗刊》2022年6月号上半月刊)

在物流园
漆宇勤

有一天你也会爱上笨重

爱上又高又粗暴的车轮

而另一些人已厌倦江湖

厌倦48小时的长途奔驰

在物流公司

九百多辆货车排兵布阵

无须怀疑的调度员藏在网络与视频里

盯着探头下的远方,一丝不苟

远方,远方有即将跨越重洋的集装箱

远方,远方在不敢合眼不敢接打电话的家里

庞大的背囊里揣着危化品工业品消费品

揣着一个家庭的柴米油盐

或一个工人的胃动力

在物流园,配货的人装卸的人驾驭机器的人

负重出发者走在规划严密的导航路线上

每一个货运司机都纪律严明

两个小时休息一次绝不敷衍

却赶不走骨子里的疲惫

不,不敢疲惫

疲惫是物流环节的宿敌

有一天你也会爱上笨重
爱上又高又粗暴的车轮
使命必达的货运
为一个国度的发展和进步
增添加速度

(《诗刊》2022年7月号上半月刊)

致快递兄弟
胡海荣

"阳光温暖大地,就像书本
温暖着每一个字"

……嵌入一座城
似一粒过敏的词语
包裹风雨,含着天地。在一段危险的句子里
你不断救出——
生与活的真相

(微信公众号"词语的背面")

快递小哥颂

高作苦

将这些来回奔走的雨滴,称为
人间亮色,一位快递小哥
用他的忙忙碌碌,送来
你盼望已久,渴望证实的部分

一个严实的纸箱,饱含未知的秘密
当你撕扯胶带,落叶纷纷
湖波荡漾,你越接近真相
自身会变得越薄

当你渐渐透明,露出笑容
快递小哥不过构筑了俗世的一角
更大部分还飘荡在世间各个角落
等待下一个顾客去签名、确认

还有一些悲伤,永远在路上
既无法寄出,也无从签收
他们运送的悲喜,与自己无关
像是大地尽头,翻腾着亘古不变的波浪

当他在人群消逝,还会有新人源源送来
新的更沉重的物件,无从判断
哪一个包裹,更让我们牵肠挂肚?

然而当他转身,我们会模糊他的长相

就连我们自己,也会被深爱过的人
慢慢淡忘,就像轮船出海,身后每一寸海水
都会变旧,可它还执意寻找
一个熟悉的旧港湾,那里海鸥翻飞金光闪闪

(《星星诗刊》2022年6月号上旬刊)

雪夜代驾
谈雅丽

欢聚在这落雪的节日,我加入酒的狂欢
音乐声起,彩灯摇曳
有风来,卷起一层如梦似幻的雪纱
大街小巷被雪掩埋

路边两排小车,戴上了白雪的冠冕
寒冷把夜抱得更紧、更深
此刻只适合火炉边烤火买醉
或者投入爱人温暖的怀抱

推开玻璃门,我看见满脸期待的他
等在雪地里的他——
戴着围巾、帽子,黑色羽绒服外
套着一件黄白相间的代驾背心

他抬头注视酒店的灯火
一边搓手一边跺脚
十一点,他还在等待雪夜最后一单生意
像渔夫等他的船,容器等待水的注满

而大雪越来越深,越来越厚
道路银白,通往回家的方向

(《诗刊》2022年6月号下半月刊)

修船厂

路 也

枕着堤岸的斜坡
那些废旧铁船,通体的斑斑锈迹,多么灿烂
至于朽坏的木船,也洋溢着温暖

由一条通向海水中的铁轨
拖曳上来
起重机在高处转动
吊起整个大海

海浪拍打,风暴围困,巨鲸掀翻
所有伤痕都成为徽章

而今,阳光在空气里弹着琴键
渗进了船体的肌肤
浑身散发咸腥味的静默

天空已经逃跑
只剩下太阳在认真地晒它们

它们仍然关心天气预报
一直望着大海
那唯一的庭院

(《福建文学》2022 年第 7 期)

哑 剧

黄 芳

金禾宫大酒店里
五名身穿灰衣的女工
正在清洁落地玻璃
五双手默默地从左到右,由上至下
微光中
尘埃纷飞,跌落
与灰衣上的汗渍融为一体

越来越晃亮了,耀眼的阳光
穿透了玻璃
令人有瞬间的眩晕
越来越透明了
五个灰身影
被清晰地投到玻璃上,再反折回地面
像一部缓慢的哑剧

(《扬子江诗刊》2022年第2期)

固阳的腊月

陈年喜

2012年腊月
在包头固阳的矿山
我一个人去县城买上班的护衣
在县城西头公交站
一阵风把路边广告牌摘下来
挂到另一根电线杆上

沿着一条旧街道
一家一家试衣服
我个子太高
而衣服总是太小
有一家老板说
家里倒是有一套
只是穿过的人已经不在了

这套衣服我一直穿到工程结束
2013年春天　竖井掘进到六百米
离开的那天早晨　我把护衣留在了工房
连同贴身的衬衣折叠齐整
那穿过新衣的人我一直留在身上
连同固阳寒冷的天气

(《佛山文艺》2022年增刊)

拆解厂
宋峻梁

安静一下,给艺术家们时间
爬上塔吊的顶端
为这些废弃的吉他,安装
几根紧绷的金属琴弦

太阳绿色的阴影有些灰暗
废弃的风正游走于空旷的码头
L形黄色的门和衣领
红唇的烈焰与金婚的鲜花并置
湛蓝的天空照见锈蚀的沉默
白云正在寻找最初的表达

应该给灰色的大楼
镶上银色的玻璃
作为虚席以待的参与者
有一天会脱下手套和工装
踢瘪几只足球
发现糟朽的椅子上群居的蚂蚁
正在模仿时间
而孩子们滑过泥沼与苔藓
玩具有很多,火焰
只是其中一种

(《诗选刊》2022年第八期"河北中青年诗人专号")

塑 料 厂

姜维彬

这个路标,很多人习惯了
在这里上车和下车,塑料厂
清理财产的时候,总会有目击证人
经营有方,怎么就破产了呢
说起塑料厂,在里面上班的女工
开着不大不小的花朵,老职工
体现责任,新职工不再有陌生感
她们才是厂里真正的主人

每天下班,都经过塑料厂
也没有人喊我,还不明白吗
塑料厂的女工,不会回应
要把自己储存起来,不露声不露色
女同学的腰痛史,不是塑料厂落下的
塑料厂空了,厂门上的锁已经生锈
那些女工呢,也销声匿迹了
没有找到她们,坚守不见得有意义
蝉声从树上一个一个,都出来了

(《三角帆》2022 年春卷)

废 电 杆

方从飞

把它插在这里的人
早已走了

纵横交错的关系
生活的分支器、紧固件先后撤离
世界仿佛被一根线扯断

喜欢快的是电。一个可靠的可能
电杆因一个慢念头的产生
被提前拉闸

深陷的胎字：金力 3A
若黥面苦役，又如新旧地界的界桩
阴影里全是直角

一个可靠的可能
逃离的电像入土为安的 10 千伏心跳
被废弃的电杆

则似陡峭的祖训
成为命运拔不出的部分

（《台州文学》2022 年第 1 期）

几万张三合板
起 子

1994 年
印尼产的三合板价格飙升
我在一个建材公司上班
每天听到有人问
"哪里能搞到几万张三合板？"
有一天晚上
我在上海的一个仓库
睡在几万张三合板上面
感觉未来就压在身下
空气里弥漫着刺鼻的气味
自己像是浸泡在甲醛里
后来我辞职读书当了老师
到了 2020 年春天
突然有人问
"哪里能搞到几万只口罩？"
让我像是从梦中醒来

(《江南诗》2022 年第 1 期)

没有秘方

李道芝

在山里烤烟,就是烟民

种绿茶,就是茶民

种七叶一枝花,就是药民

种葡萄,手脚沾泥斑,就是农民

进城打散工,就是农民工

他们种,这些烟、茶、药和葡萄,但不享受

从祖传下来的固定语言词汇里

没有坐吃山空

也没有无中生有的能力

如果久咳不止,出血,就扒枇杷树的皮

放瓦罐熬汤,不对症就呕出来

绝不像山外猜测的那样

用秘方包治百病

他们的肉身像一堵石墙,用以取暖

像几根绳子横竖搭建的栅栏

圈养温驯的牛羊

(《广西文学》2022年第9期)

割草的人
许天伦

割草的人在草坪上。那台
背于其腰间的割草机,在轰轰地响
任何一种草,都是对等的
它们不得不在两齿高速旋转的
刀片之间,保持臣服
即便那种被拦腰斩断的剧痛
来得如此从容,它们
保持分寸地飘摇。如果还要
继续生长,就生长在
布满宿命的废墟之上
割草人也十分明白这个道理
在天刚放亮的清晨,他把地上的
草屑清扫干净后,就倚着栅栏
这时他嘴里叼着的烟头里
忽明忽暗,燃着十个春天的梦

(《北京文学》2022年第11期)

档案里的铁匠
周庆荣

铁锤和铁砧之间,一块烧红的铁等待着被敲击。

"咚咚咚",再"咚咚咚",火星溅到铁匠的帆布护兜上,好像红铁滚烫而多余的语言,每一个铁匠铺的地上,都布满了形状各异的铁屑。

铁锤继续。

红铁终于无话可说。

想知道铁匠的意志?

先看他的手掌,厚茧密布。天啊,他臂膀的肌肉如老树躯干上沧桑的瘤。这魅力四射的强大之美,劳动者将为红铁塑型。

红铁变镰,田野上必有麦子和稻谷,它们从自身的成长中走出,走进粮仓。

红铁成犁,种子将撒在犁沟。土地上的事物一茬又一茬,它们生生不息。

红铁为斧,世间冥顽不化的存在应该被砍伐。

铁匠用锤子敲呀敲呀,红铁变成锤子下面另一把锤子。一些锁链就要被砸碎。

多年以后,铁匠的意义只能在档案中寻找。

多年以后的今夜,我打开尘封的记忆,饮尽一壶烈酒。

双目如火,红铁依然在我的体内?我是自己的发现者?

当我突然缅怀已经逝去数年的铁匠,每一滴泪水都是一粒火星。

(散文诗集《执灯而立》,四川文艺出版社 2021 年 12 月版)

筑 路 工
桑 子

到任何一个地方去
这样酷热的日子里,砾石给我最广阔的疆域
城市和乡村在云中破晓,筑路工人一路向前
大地上最后的拓荒者

每个沉默寡言的日子,在晨昏时鸟鸣般升起
桥梁架起,预制的浮坞、梁板、金色的钢筒
对抗生猛的潮汐
钢筋在水泥浆中稠密生长

我们的城市和乡村在口舌之战、在恋爱、在奔跑
筑路工效劳于最恒久相聚
他们抛光了所有的日子,每一天都是出发
每一天都是归途,银光闪闪

矿石熔化,大地母腹是起点
每个人信心百倍去任何地方,如血液奔流
发白的道路通往所有地平线
筑路工记录时间和地点,路过的都将不朽

(选自作者自媒体)

午休的筑路工人

麦 豆

他们躺在河岸边的小路上

赤裸着上半身

空气灼热

他们在午休

正午的太阳透过树缝

仍照着他们的脸

蚊虫不时叮咬

他们的胳膊和腿

他们禁闭双眼

一动不动

疲惫让他们

对身边的世界已不再关心

(诗集《幼儿园门口的栅栏》,太白文艺出版社 2022 年 3 月版)

两个环卫工人
白　地

两个环卫工人靠在我的车门上聊天，
阳光下，像两个橙子，发着甜蜜的光。
冬日的上午，树叶安详，地面平静。
我因为丢掉了心爱的鞋子，心怀畏惧，
垃圾车那么奔放，满载了流浪者的喜悦，
他们悄悄前行，等无数苍茫默默醒来。

多好啊！街头的瓦罐那么虚假，在那里
装着无辜的信仰。我们从阳光里走出，
不动声色，环卫工人的扫把
耷拉在修长的身影上，很像一部神话的插图
——所有悲伤可以回到从前，而所有细节
已经归于安静。

　　　　　　　　（诗集《六里河》，浙江文艺出版社2022年5月版）

盐 工

车延高

看海,才知道
被太阳暴晒的是盐工

盐是太阳的汗滴,从他们黝黑的脸颊上滚落
又一粒一粒从海底打捞起来

眼睛已经熬出盐
不哭,泪也会喊痛

盐工习惯了,把心里那片苦海藏着,不让人看见
脊背躬着

上面是一片沉重的天
被云彩缝补过无数次

(《诗选刊》2022年第5期)

登塔者
姚 瑶

烈日下，铁塔像在冒烟
登塔者在阳光下格外晃眼
握住铁塔的手掌热得钻心痛
像无数只蚂蚁在撕咬
他咬紧牙关，用袖口抹去脸上的汗
努力保持身体平衡

汗水湿透的工作服被风吹干
盐粒闪亮，纷纷坠落
我一瞬间想到
咸涩海水和白雪纷扬
两个概念不相及的词语
不约而同堵在我心里

登塔者越爬越高
在相机的取景框里
他变得越来越小，成为一个黑点
像一只蚂蚁在攀爬
高处不胜寒，风越来越大了
我担心大风把他吹跑

在辽阔的蓝天之上
登塔者顶着烈日，是一个焦点

那个午后,我与登塔者互为默契

在庞大的电力工业体系中

登塔者只是实践者之一

我只是见证者之一

(《民族文学》2022 年第 8 期)

李壮坐在混凝土桥塔顶上

李　壮

李壮坐在混凝土桥塔顶上

当层叠的玻璃巨厦向江面涌起

我从窗上看见李壮

他正在混凝土桥塔的最顶端坐着

在施工的半途,这座高耸如奇迹的桥塔

胯夹一截未完成的桥体

孤零戳立在江水的最中央

在钢索拉起之前,在从两岸接出的

另一些更庸常的桥面与它合龙以前

这几乎是世界上最孤独的事物

它看起来已不再等待什么

因此,当李壮坐到这尊混凝土桥塔顶上

它们只能是在一起等待

某些并不存在的东西。如果这时

一道闪电劈中李壮

他将把电流直接导进长江的心脏

而我对此丝毫不会觉得奇怪

毕竟在这座奇幻的山城

每天都有桥面在午夜水平旋转

那是当红灯即将转绿的时刻

古人沉淀于江底的声音在极短一瞬

被车流松开了离合

一只猫的梦里闪过马赛克花屏

也必然是在这样的时刻,李壮
会坐到未完工的混凝土桥塔顶上
坐到断绝的水和无梯的空中
会朝我笑着打出一枚响指
隔着39楼酒店房间的全密闭玻璃
我仍确信我听到了

(诗集《李壮坐在塔桥上》,太白文艺出版社2022年3月版)

夕阳的塔吊以铁的手势向天空敬礼

梅一梵

黎明是它的真相
天空是浩瀚的坐标
一群早起的鸽子,用整齐的口令,放飞大海的桅杆
上升,下滑。悬空,起立
四面八方都是自由的田野
四面八方都是英雄的指挥棒,天空的平衡术

风在突围,雪在疾行
而闪电披着鹰的盔甲,而雨瀑在脸上奋斗
雷声滚过背脊

天晴了
一顶红色的安全帽,自地球的天线攀缘
它挺直腰杆
它快要接过太阳,它已经捕获到太阳喷薄的呼吸
白云一朵一朵让路
黄金一黄金的角力,启动中国版图

让辛苦和磨难,退到泪水后边去吧
我们腾出彩霞的天河
让夕阳的塔吊,以铁的手势向天空敬礼

工程机械勾勒的世界图像之歌
苏奇飞

在建筑工地,
工程机械的轮廓与侧影,
明亮的线条,
在上午之光的纯净中。
通过泵轮和变速器,
去透视
几何图形的社会形态
与世界的真实图像。
在高高的起重臂和平衡力矩上,
饱满的力
引发美的爆裂。
那是经过了自动化程序的
运行着的美,
闪耀在思维活动的空间中。
电子流过金属导线,
思维通过转换器,
去促成心灵的现代化。

(《扬子江诗刊》2021年第6期)

工业的雷霆
老 井

电机轰鸣,齿轮咬合
车轴带着地心的岁月旋转
我手中紧握着操作手把
目光里尽是亘古的大地和群山
头顶的管线密布
一片片铁打的云朵里台风呼啸,电力汹涌
脚下体制内的钢轨,铺向市场的方向
大地的内脏被装上轮对,快速置换
工业的雷霆步调一致,电力的权威不容置疑
所有的冲突矛盾消失,二十五辆装满
工业粮食的矿车
像钢铁的怒涛滚滚向前
地心黑暗在齿轮的碾压下,有了声音和温度

岁月把片片储量丰富的影子
层层叠加在地层深处。我们忙着搬运
转弯、加速、车灯就是地心里的领袖
带着移动的钢铁城堡前行
在大地的黑眼球里奔跑,目光可以穿透
八百米厚的土石层
对接上一艘惊愕的宇宙飞船
到了煤仓前,我转动闸把来了个急刹
剧烈的撞击过后,钢铁止步
声音的峰巅之上,突然陷出巨大的断崖

(《深圳诗歌》2021—2022 下卷)

建筑工人在愣神
许 一

夜间十一点。工地
一个建筑工人在搅拌机前
愣神

仲春的晚上已有了几只小飞虫
在高悬的灯泡前
乱飞、打转、慌张撞击灯罩
建筑工人怕是想到了家乡吧
家乡的路还远呢
在吉林,在辽宁,还是在安徽

从一个未知的方向,传来——
"上泥——"的口令
愣神的建筑工人猛一哆嗦
他的愣神瞬时消失在

老父亲老母亲的白发
皱纹
混浊的泪眼之间
还是刚刚
凑近熟睡宝宝的脸蛋儿
没来得及亲吻之间

(选自作者自媒体)

钢 筋 工

李正雄

身先士卒地

为一座座大厦

建筋立骨

让钢筋刺穿贫穷与卑贱

让城市挺起城市的脊梁

敲打和掂量不是为了提醒

而是为了确保安全

不安于现状总是不断刷新

让一楼高出一楼

无论你建造多少

也许还是没有你一砖一瓦

而你只是为了回家的

那个转身，让家更加坚定

(《边疆文学》2022年第2期)

浸 涂 工

曹福章

模具出来的芯子是黑色

挡头是黑色

油路器是黑色

涂料是黑色

双手是黑色

汗,在前胸后背

绘出来的画是白色的

嘴刚一张开

涂料与酒精的味道

便跑了出来

用涂料与酒精

浸涂发动机的心事

浸涂一只裤脚长、一只裤脚短

的身世

用打火机一一点燃

然后小心翼翼地将它们

放进分行的文字　安神

涂料常常和皮肤过意不去

和手指的螺纹过意不去

酒精趁机去伤口叮嚼

咬咬牙关　忍了

一切的一切，只是试着
用涂料与酒精的浓度，弥补
命运里的缺陷

(《佛山文艺》2022年增刊)

巷道爆破工
黑　马

打眼，装炸药，引爆，攉煤……
把沉睡的煤炸醒
钢铁的轮轴在渴望春意
焦渴地呼喊，煤在冬天的井巷里醒来

曾经的大海早已干涸，意志耗尽
高山隆起，煤是受潮的闪电
高压的风镐，在探索着岩层的奥秘
在黑暗呼啸的内部

挺立于风暴的中心
煤是狂风骤雨，煤是电闪雷鸣
煤是炸药雷管，煤是煽风点火
煤是黑暗中苦苦求索的宗教

夜班，夜班，疲惫的灯火
在井下，要俯下身子，放低身段，越来越矮
越来越矮，直到跪在了地上
捧起一块破碎的煤，仿佛捧起了悲伤

在井下，我想为爆破工写一首诗
写给勇敢，写给耳鸣，写给白烟阵阵
念给我的黑哥们儿听

炸药和雷管,也无法击碎生存的尊严

涅槃的煤,是另一种人生
是父老乡亲眼中的大雪
煤在地心的深处,翻了个身
仿佛亘古的巨兽发出了浩瀚的叹息

(《绿风》2022年第4期)

电梯维修工：检修
崔维刚

黑暗和沉闷把井道挤满
身躯被吸附，影子被吊荡
钢轨架起双臂抬起，又向下
LED 点震屏神秘地跳跃、翻腾
过滤着俗事，尘凡无忧
又如静脉的血色蠕动殷红
矿灯晃动，似萤火虫闪亮
一个安全帽，一套反光背心
携着榔头，扳手，钢丝钳
在冷藏的虔诚里潜动
听，齿轮喳喳地咬合
看，轮槽唰唰地摩擦
电机轰隆隆的运动中
一个游来荡去的身形
周而复始地屈膝，躬身
次第地吸附人间锈色
节律地敲打尘世杂音

（《佛山文艺》2022 年增刊）

蝴 蝶 结

聂 权

那名女清洁工

她胖,肥胖使她气喘

不健康,她总是步履蹒跚

她穷,不晓得她怎么养活儿女

四层楼的清洁一个人干

一月只得 2500 元,一月只得 2500 元

还被借故扣掉 200 元

"这活儿没法干"

她辞职 5 天后,又被楼管

喊了回来,他承诺不再扣她钱

再给她每月加 200 元

大都市,很难用这丁点儿钱

雇用其他的劳力

她活着像不像个笑话?但是你看

她的那把扫帚、工具间里

柄上扎了一个蝴蝶结

粉红的,很漂亮

像是要飞起

是一个美好的少女

头上戴的那种

(《星星诗刊》2022 年 5 月号上旬刊)

抡大锤的人和扶钎子的人
辽宁山子

这是两个人合作的活
这是人与人的信任
抡大锤的人对扶钎的人
只有足够的信任才可以完成
而扶钎的人相信抡大锤的人
必须像相信自己一样

扶钎的人双手握住铁钎杆
只看钎头
抡大锤的人也只看钎头
两个人只盯着一个点
大锤举过头顶
夹带着风击在钎头上

也有时是三个人的活
一个扶钎的人，两个人抡大锤
锤起锤落间，三颗心脏
在一个频率上跳动
就像一台设备上的三个精确部件

（微信公众号"东北文学界"）

砍树的人
姚 辉

你遇到三个去砍树的人
一个扛斧头
一个背一捆粗绳
一个拿着木杠　他们
和各自的工具一起构成了
一部分骂骂咧咧的乡土

树在山中等着这些
砍伐者　这是把整个冬天
扛进淡雾的树 枝头上
挂满了极为复杂的风

砍树的人说起三月的事
三月　树有迷人的
痛及遗忘 树有一些
让旭日变近的雨渍

好像在三个人之间
还走着另一个人 他
不吭声不留下背影
甚至不占用泥泞
唯一的缝隙

他知道一棵树
正在逃离许多树
即将长出翅膀

那只掌握山野
秘密的鸟缓缓飞过

三个砍树的人
一头　扎进灰雾
从隐形者的足音里
谁将获知山野暗藏的
所有祈愿?

(《北京文学》2022年第5期)

一个身带利器的伐木人
天　岚

一层叠着一层，落叶走在各自的还乡路上
此时又拖着一双大脚，在林间游荡

无数枝条在半空摇晃着，颤抖着
被风声裹挟，却抓不住一声鸟鸣

此时，你只要开口就能指认西山的空旷
为何借身一只惊鸟，扎进更深的丛林

哦，此地满眼皆是炉中物
你从木中看到火，又从火中看到灰烬

你只有单膝下跪，尽可能地贴近土地
才能平稳地安放一棵枯树

只有心中念佛，才能缓解愧疚
告慰碑石上的青苔和树根下化作泥土的人

只有把来来回回的锯木声听到入心
才能体会蚕食、撕裂与解脱的合奏

呵，这是一片在风声和时间里沉睡的树林
霜厚，鸟稀，一个鲁莽者越走越深

逝者头上的土已被他触动

青天之下的枝已被他抽空

呵,庚子冬日,龙泉寺脚下的林间

一个身带利器的伐木人,被一枚落叶命中

(《诗选刊》2022年第八期"河北中青年诗人专号")

伐木工与林场

马泽平

他需要一种手段来谋生。他需要酒、炭火

一支英雄牌钢笔。稿纸并非必需品

当木屑溅入眼睛,他将再也看不到林场里的积雪

积雪上印着梅花鹿留下来的蹄痕

他锯断的马尾松、皂角、异叶铁杉、金丝楠木

像那些被他随意丢弃的空酒瓶一样

已经完全被雪遮蔽

他时常在酒醒后思考林场最终的命运

如果伐木工在某个黄昏突然离去

带着他年轻的妻子

如果丛林中只剩下斑鸠,还有什么能够

使稿纸和伐木工之间脆弱的关系得以维系?

或许只有烧酒和劣质烟草了吧

当整个大地开始倾斜(开始和结束一样)

(诗集《上湾笔记》,太白文艺出版社 2022 年 3 月版)

参观林区1950年代工队展览

赵剑华

太遥远了
手拉锯　毡疙瘩　老羊皮袄
熊瞎子　傻狍子　猞猁　狼
背景是林海里的雪
呼啸的白毛风
号子声："顺山倒来！"
生命是如此酣畅豪迈
无法挽回的属于时代的辉煌

少年的我从郭小川的诗中
认识了林区和伐木工人
"锯大树，就像割麦穗；
扛木头，就像举酒杯"
走过中年的我，情感的原生处
亲切而恍惚，仔细算来
眼前的景象并不遥远
老故事是讲给未来听的

我酒后不朗诵自己的诗
朗诵《林区三唱》
赶劲。那个时代的豪气和硬朗

（《诗刊》2022年11月号下半月刊）

伐 木 者
涂代祥

六三年，当我第一次走进

长白山森林砍红松建工棚

一个老伐木工告诉我说

"那时我随师傅进山伐木

得轻手轻脚地走，像做贼

咳都不敢咳一声，好像是去杀害

山神的儿子，每次伐树前我们都要

向山神躬腰作揖，然后才会动手"

我们是年青一代铁路工人

全是在红旗下长大的无神论者

五八年闹全民炼钢那阵

就在老师的带动下蛮干过

砍了好多树，还劈了不少家具

所以对老伐木工的说法嗤之以鼻

于是那棵有七八十岁的大红松

在我锋利的板斧下吱嘎呻吟

松果突突坠落，失去窠巢的松鼠

纷纷逃逸，在树干倾斜的一刻

老伐木工满怀悲悯大声呼喊

"靠山倒——"

大红松在噼里啪啦中轰隆倒地

山林震动，地皮颤抖，万物惊悚

执板斧的班长张思玉,不幸被
横飞的粗枝击中头部一命呜呼
追悼会上我的观念彻底动摇
从此认定:
头上三尺定有神明
我们不是万物之主

(《北京文学》2022年第4期)

闲　聊
叶延滨

家里来了装修工
老板一天给他五百元
歇口气,差个螺丝
我递给他一支烟
点燃了一段闲聊

在北京干了二十年
刚来时候小工五十
五百元是今年大工价

大工的儿子考上公务员
在首都机场做安检

老家村里盖了房
三层楼一个小院
除了过年团聚就没人住
为啥?村里打麻将不够桌
再干几年在县城买个房

烟熄了,我付螺丝款
刷手机二十七元
这颗螺丝旋进我的记忆
二十七元正是我当年
头一个月工资表上的钱

那副手套
曹立光

他离去的时候,手套还躺在
结缕草煦热的阳光中
肆意舒展的样子
像极了贪嘴的孩子得到满足

机油润滑液紧紧包裹住手套
经历让五指失去本色
撕开的伤口又加重柴油的味道
针脚知道自己是白色花朵

妥协有理,沉默按住来风
草蜢跳过光阴,车前子吹飞菜粉蝶
手套在井架平移中睡去
磨薄的指尖能看到透亮的人生

一片黄昏,缓缓地飘下来
嘘,不要惊动那副沉睡的手套
它温暖、勤劳、谦卑,独属一人
却途经了所有人的一生……

(选自作者自媒体)

阵雨速写
童作焉

这场雨来得潦草,街道被凌乱地切割着。
天色很快阴沉下来,广告牌和红绿灯变得暗淡。
雨声混着骑车鸣笛声,持续酿造着焦灼。
一群人像赶羊一样,湿淋淋地涌进车站。

我记得一辆卡车驶过,车身上
刷满了红色的油漆。一些建筑工人
穿着蓝色的工装,在车上大声地叫喊着。
雨越下越大,我看不清他们。

沥青的地面上雨雾跳动,像快速敲击的鼓面。
几只橙色的橘子滚落在路边,旁边雨水流过,
带来紫色的糖纸、金黄的落叶。人群吵闹着,
各种方言汇聚,打电话的声音此起彼伏。

雨很快过去,炙热的阳光迅速流泻下来。
发条转动着,人群和车流按照程序机械地运作着。
短暂的潦草记忆很快被删除,只剩我捡起橙子
来到这里,成为一个阵雨一样的不速之客。

(选自作者自媒体)

估 衣

向 隅

在这个工地旁的小花园门口
有个卖估衣的，好久不见了
傍晚，下班的建筑工人围聚一团
一个说你把那五块钱退给我吧
这个裤子忒肥了
一个说你把这双鞋粘好明天我再买

这些估衣挺干净
比他们身上的衣服干净，也比他们的脸和手干净
他们确实旧了
他们被庄稼用完被钢筋水泥用

土地休息了，他们来到这里
或许他们心里还有芥蒂
讨价还价的声音都不大

我们叫他们"农民工"
我想他们应该愿意在"工"前加"农民"一词
这样他们就踏实了，可以像估衣一样
真真切切地回到局促和朴实

（诗集《捡拾诗意的生活》，河北教育出版社 2022 年 3 月版）

春夏之交的民工
辰 水

在春夏之交的时候

迎春花开遍了山冈

在通往北京的铁路线旁

有一群民工正走在去北京的路上

他们的穿着显得有些不合时宜

有的穿着短袄，有的穿着汗衫

在他们中间还有一些女人和孩子

女人们都默默地低着头跟在男人的后边

只有那些孩子们是快乐的

他们高兴地追赶着火车

他们幸福地敲打着铁轨

仿佛这列火车是他们的

仿佛他们要坐着火车去北京

(《诗刊》2022年3月号上半月刊)

打工路线图

黄官品

种地的人最终外出打工了
颇不情愿地摆脱种子泥土的唠叨
把祖父传承的故乡置于梦外
把家交给一把铁锁

坐上了公交地铁,吃上了工棚盒饭
一年四季除了风雨,还遭遇雾霾和尘埃
少了晨昏,模糊了白天黑夜的界线
安全帽里装满了夜半浇灌的轰鸣声

一双加速生存的手,扶稳云天高楼
些许的快慰,弥补不了已磨宽的骨骼缝隙
几年下来,那些多挣来的钱
始终兑换不了一个落脚安身的地方

才发现种地的在乡下一生的雨水
在外出打工人的眼里
坍塌下来的不只是头顶的天空
还拆换了内心的云朵,清澈的蓝

最后,拖着一个透风漏雨的身心
回到原乡,才闭上眼
安稳地举起房顶上的那一缕炊烟
缝补着坍塌在掌心的天空

(《星星诗刊》2022 年 12 月号上旬刊)

横穿马路的民工
起 子

十几个民工

穿着工作服

有几个戴着安全帽

有几个没戴

五六个已经冲到了

中间的隔离带

四五个

还在路中间小跑

跑在最后的

个子矮小

看起来很狼狈

一边跑一边做着鬼脸

还有三四个

来不及跑

就被行驶的汽车

挡在了路边

他们冲

隔离带中的同伴

咧着嘴笑

(《汉诗》2011年第1期)

烧 炭 人

剑 男

在幕阜山上
烧炭人像一只黑熊蹲在土窑前
临时搭建的住处堆满山中的硬木
有栎树、楮树
也有白花继木和油茶树干
窑火是昨夜生起的
他要赶在寒潮前将炭烧好
这种紧迫感让他身上不断流下汗水
像窑火中的木头
边燃烧边往外冒着水汽
你们看,这就是生活本身
没有绝对对立的事物
水火也能在窑中交融
他生起火又把它熄灭
像无事生非
像他这么多年半黑不白的生活
渴望在其中煅烧,又要避免成为灰烬

(《星星诗刊》2022年5月号上旬刊)

辑三

在印厂车间度过的

李 琬

没人问过,我们如何为美而劳动?
这仿佛是令人羞愧的,我们为二者都感到歉疚。
但美的确要求着劳动

这符合郊区的心脏:纯粹,笔直,
像电线上的鸟,彼此相邻但并不纠缠地工作。
光线在阔大的车间里编织着人脸,
削减着多余的情绪,留下精确的表达
和一些超越自我的成就。

整洁从这些面孔和肢体的缝隙之间散发,
而结果的整洁,也不过是他们的延伸,
他们和美之间的直接性,
正是一个摄影师总是看见
市场小贩手中一条鱼的实体,而非看见
一团扁形银色时的
那种直接性,提示着生存与必需,
一团空气
必须在囚犯陀思妥耶夫斯基脑中循环
以维持他生存、理智、不发疯的那种必需。

变化当然会到来,只是在重复中完成。
色彩加重的声音是我们把铁锈变为钻石

并送给未能见面的友人的声音,我们只有敲击
纸面的墙壁,才得知了对方的存在。

这时,物质还未被出生和毁弃,
只要一些轻柔湿气,微尘四散的力
就被固定在平面上,
它们在寂静的压强中紧紧团聚,
不断加深心智对辨别力的认识,
直到这些灰度的颗粒吸满了明亮的秩序,
再次从空洞的地面上站立起来。
在白杨的金色蓬松的叶片中
鼓胀,并反射着比人类情感更持久和丰富的
自然物的光辉。

(《思南文学选刊》2022年第1期)

车间弯曲铜管

木 叶

在桃花工业园里,她始终在细心烧烤这个下午。
车间外面,天上的云彩很整齐,太阳新得

像刚刚被生产出来。

乙炔单调的蓝焰,燃烧。操控这台面的
年轻姑娘,也很单调,并不和一群来"采风"的人多说一个字。

等他们走了,她会独自去和机械大声说话吗?

四处喷着热气,
——墙壁内的空间,确实正在向有质量的地方弯曲。

弯曲正发生在那些工人的家庭里。

管委会主任的自豪让你不断点头。"嘶啦嘶啦"的车间
响了好一阵子,忽然静下来,

但你恰好已经离开了这些过于庞杂的机械。

(诗集《大运》,安徽文艺出版社 2021 年 12 月版)

热处理

丁卫华

一字长蛇阵的摆开

需要两边的轨道进行簇拥

才能在气势上不落下风

铁笼子的体内

可以盛下切冒口的规则

叠放在一起的团结

显示出阵容的强大和威慑力

热电偶的每一个触角

都和曲线图的走向关联密切

五百度的沉浸

有条不紊

前行的步履是被动的

拉着走的心思

可以忽略

淬火的瞬间让精神得到升华

慢条斯理的沉思

需要低温的烘焙来注解

晶体的饱满和强度的柔和

不增不减的腹腔内

每一个各就各位的颗粒

不容小觑

振动,改变了生活
王兴伟

一本书上枯燥的数据
变成了可以触摸的实体

从手机到机车监测
一个细小的零件,就像人的神经
将信息从一端,传到另一端

振动开始了,从慢到快
它在加速
振动开始了,它以不同的方式
抵达预定的目标
正弦与复合,扫描与定频
只有精准的仪器才能区分

当你按下按钮
心也开始振动起来
这加速的时代
你不能不,在春暖花开中等待
在另一频率
振动的另一个自己

(选自作者自媒体)

车间里,燃热的诗
程云海

从冷到热的句子
一条条铺在北方寒凉的稿笺
一个个灵感
投身炉火之热

擦掉疲累,挂上微笑
风带着一些重浓的味道
一朵火花是许下的一个愿

一扇落地的窗子
阳光被细细地晾晒

复习一遍台词
流畅的春光情绪盎然

从手指的滑润到长发的流泻
一双手上带着有温度的爱

专注一场情节
一点点锉细时光
凹凸的齿轮

像铁一样硬的骨头
碰撞出一个个成品

(《阳光》2022年第8期)

在车辆检修的间隙

杨 隐

我坐在这里,是因为眼前的事物

超出了我的掌控

除了等待

没有什么能够去做的

这个上午

是注定要耗费的

你没法简省和略去

所以,我坐在这里

偶尔机械般走动

在生命中

有很多这样的时刻

因为目的性过重

显得多余和无用

似乎可以用一把镊子

轻轻夹住,随便扔到哪个角落

这样的时刻

百无聊赖,充满说不清的焦虑

在你期望的,和正在

经历的事之间存在一道裂隙

像服务台鱼缸里的那条鱼

一辆车的内部

一刻不停地塌陷在属于它们的时间里

(《建安》2022 年第 1 期)

傍晚路过工地
桂 鱼

一辆重型卡车
慢慢（沉重）地
轧过地面上的铁皮
开到很里面的
黑暗中去
每天它都做同样的事
工人们戴着安全帽
站在同样的
轰响与寂静中
劳动同样（几乎）是
神圣的

(《诗潮》2022年第4期)

工 地 上
刘 华

窗外的烈日在燃烧
人在火中取栗
正如田间劳作的父母
用稻子抚慰骨头

将时间浸泡在砖头、水泥与钢筋上
汗水浇筑巍峨
季风从裤腿升起
将天空涂抹一片绯红

而乌云在屋顶上发起进攻
路边几棵樟树瑟瑟,闪着绿光芒
在阵雨过后

(《赣西作家》2022 年第 1 期)

一只鸟在工地一闪就不见了
李洁夫

一只鸟在工地一闪就不见了
在诗中,我这样写下
民工兄弟整天想着年底回家
迎亲的日子
他们的手却不敢闲着
(手里攥着的是回家的路径)

一只鸟
只有我看到了
在工地的上空
只是那么一闪
高耸入云的塔吊
重复了它飞翔的轨迹

一只鸟在工地一闪就不见了
在诗中,我反复这样写下
风在耳边一点一点地凉
马上就是秋天了

(微信公众号"河之北")

路过一个建筑工地
独 步

每天上班路上，我都路过一个工地。

我小心翼翼地躲闪着一辆辆土方车。

工地被围墙围着，但无法围住打桩机的声音，这铿锵有力的声音，仿佛就是我的故乡负重前行的脚步。

这里的工友们大多是农民。在老家，他们锄草施肥，庄稼就开始拔节；在城里，他们浇筑水泥和沙浆，土地就长出高楼。

不管在哪儿，他们的汗水都向下流淌。

走到门口，我终于看见了一幢大楼的雏形，对于他们，可能和我一样，童年时没读过幼儿园，如今，造一幢大楼，就像搭建积木一样快乐。

他们内心的快乐就是我一直向往的幸福！

他们正在建造的，是一个大型商务区还是一个生活社区？是巍峨的写字楼还是高层住宅？他们的头脑比楼房的结构简单得多，但他们的性情比水泥钢筋还要坚硬，他们不会去想，这几幢大楼建成后，将有多少人搬进来，将会使多少人以为拥有了自己的家？他们不会想到，这欧式的楼顶，可能会让一片白云感到陌生，而不敢在楼顶歇息？

就凭这头上系紧的安全帽，每天升起对美好生活的憧憬；就靠这一身铁骨，扛起上有老下有小的日子！

我曾碰巧和他们在一个食堂里吃晚饭，我看见，有四个工友围坐一起，一瓶二锅头干净利索地下肚，他们出来的时候，满街吹拂着找不到家的冷风。

他们很满足，皲裂的大手从嘴角抹去一天的疲惫，他们没有苦恼,只要有活干,明天之后就还有明天。

平凡,如同胸前的工牌。

工牌,就是他们幸福的奖牌。

塔吊转来转去,仿佛岁月挥动巨大的扳手,在一遍遍拧紧太阳这枚螺丝,但时间还是在细密的螺纹中流失。

有一天,大楼竣工,他们会轻松地和这个工地告别,挥挥手,不带走一粒沙子。

每天,都有民工兄弟从我身边匆匆走过,他们个头不高。

每天,我从工地旁路过,都想攀上脚手架,去眺望远方。

(《散文诗》2022年第4期上半月版)

本　色

黄国英

本　色

一身红的砖，结伴蹲在地上，等着黝黑的肌肉挑选。

一块接一块，排排坐，并错开间距，墙，就是这样砌成的。

工地红是一种精神，眼界也是。鳞次栉比的风景线，需要每一台忘我的机械，进行很多场狂飙的证明。

很多时候，砖恨自己，怎不投生一片揽月摘星的琉璃瓦？

从烈焰中接过曲谱，跻身于物质和精神的双重体验。看吧！泥土的荣誉，走遍大江南北，承受了多少风雨的重量。

以骨骼为起点，肩扛手提，确保一座城的百年大计，站成有影无声的高度，哪一种更适合抒情？

平凡心，自由魂，流金的阳光常来常往，唱一首不跑调的歌。

青　春

花园的名字叫施工图纸，一座不允许我们睡懒觉的建筑物。

蓝色是梦想，直通天堂的阡陌。诗人如是说。

术语从两个方向覆盖，我看见瓦刀里的水墨丹青，怎样洇湿、雾化、凝固，看累了一双大眼睛。

喧哗着、磅礴着，别问这风暴眼，出自哪一片优秀的肺叶。

爱掐指的考勤表上，燕子早出晚归，蜂和蝶各忙各的花色，我骑着鱼鳍巡视，一棵醒着的常青之树，点亮春天的眸子。

质朴紧握于心，习惯在刀锋上跳舞的工种，我认你做辛勤的园丁，青春万岁！

劳动使劳动者不朽,并拥有自己永不满足的地平线。

檐下听风

把血液输给脚手架,等同于命运中的花朵绽放,每双脚印送归冬夏,栽种今生。

挺直的构想,在蓝天中彼此对望,潇洒和利落,仅在一瞬间闪烁。

就这样朝图纸里那么站着,或蹲下。铁,就开始尖牙利齿,撑着方脑壳的砖,排排坐,相互拥挤,晒烈火后的一颗痣。

谁第一个看懂羽翎,覆盖多循环的路线?

在月亮瘦成一艘船的夜晚,女孩舒展一双凤眼,将报春的云霓获取。

瓦刀直起腰的时候,风声渐减。一只鹭鸶,驮夕阳慌张赶路。

一缕长高的音符上,你举起生活和日子时,将轻盈得多、豪迈得多。

(《散文诗》2022 年第 4 期上半月版)

工业园区素描
赵之逵

无序的绿,在一声令下
被连根拔起。为了
植下欣欣向荣的新绿

平整出来的土地
是一张绵软有劲的宣纸
赋予了书写者,无穷无尽的想象力

厂房替代草木
雨后春笋般在原野茁壮
经济增长点是从拓荒者思想里
开出来的花

高空吊车如履平路
沙石和泥土,一层一层垫起高楼大厦

山泉水循着蓝图,来到工业园区
一池原生潭,几棵古树紫薇
作为一种亘古文人,被保留了下来

也有鹭鸶在水上翩翩起舞
也有芦苇,于水边执着守护

汗水反复淘洗岁月

风霜把老茧，磨成了南海珍珠

不远处，机器在轰鸣

这是建设者胸腔里　铆足了的干劲

钢结构把梦想节节撑高

春天的脊梁，始于这片生机勃勃的土地

（《中国高新区》2022 年 3 月号上半月刊）

冶金时代

林隐君

时光为我们除去锈迹后，草绿得更深了
传统的格局，会在工业转型的轮毂里蝶变
一种芬芳的力，会旋开辽阔的地平线
见证春色的瑰丽，世界都会在它的光芒之中

以钢材，轻合金精深加工为箭，长风驱动
看到一双无形的手抱起时代，修好了黎明的引擎
看到一种民族的科技，一边检阅、总结过去经验
一边穿越黄昏，提着山川与星空夜行

一道光，又一道光，在创造中完成美的黄金分割
在智能化的浪潮中，无数景致的产品在重塑
每个造型都美得透骨，每款设备都含尽家国的情怀
有血脉、硝烟、史诗、千秋功业带出深沉的力量

我沉浸在一份冶金工业可持续发展的报告里：
黑色冶金工业和有色冶金工业组成的轨道，铺向星际
全新的高洁净、高均匀性和超细晶钢技术
孵出新的智能形式，先改变我们的世界，再探索新的大陆

暮色苍茫中灯火炫舞，一颗金色的果实被赋予新的动能
如果齿轮、数控、程序刚好也发出了指令
那就请一滴水告诉一滴水，一粒土告诉一粒土
祖国的美始于创造、止于汹涌，我愿与她奔赴大海

（《星星诗刊》2022年5月号上旬刊）

如果炼钢厂里红彤彤的铁水从不凝固

巴音博罗

如果炼钢厂里红彤彤的铁水从不凝固
我们可以用它灌溉田野,让土地
长出铁玉米和铁麦穗,这该多神奇!

如果炼钢厂里红彤彤的铁水从不凝固
我们还可以喂养饥饿的火车
想一想吧,一列拉着红彤彤铁水的火车
行驶在祖国的大地上,烈焰熊熊
该有多壮观!

如果炼钢厂里红彤彤的铁水从不凝固
我们还能用它浇灌学校、社区和街道
浇灌一些空洞的脑袋和长满石头的胸甲骨
铁水是最好的教育,烈焰亦是
铁水说出的话,比真理还辽阔!

如果炼钢厂里红彤彤的铁水从不凝固
就让它不凝固好了,我要将它引入古老的运河
我要让这流淌的铁和钢
成为我梦想的祖国!

(《诗刊》2022 年 4 月号上半月刊)

那么多废弃的铁
杨犁民

那么多废弃的铁,堆积在那里

有汽车,拖拉机,摩托

自行车,洗衣机,冰箱,轮毂,电视

发电机,熨斗,水管,扳手……

一座巨大的坟场,一个万人坑

太平间里尸身重叠

日头,雨水,风,以及看不见的事物

加重着它的呻吟和叹息

锈蚀的癌,一点点吞噬着骨头

有的刚来不久,暴露在外

像在证明和解释

有的已经面容模糊,有的一息尚存

似乎用微弱的语气抗议

它挣扎着,想从残破之躯抽出来

回到过去,名称,使用和自己

曾经那么坚硬,那么锃亮光鲜

那么重要,那么不可或缺的铁

曾经在无数位置上显赫的铁

深陷细菌和疾病

草已长到了它的骨殖里

用手轻轻一捏,碎屑纷纷

像一场无始无终的雪
铁离开着铁,铁分解着铁

那么庞大的铁,堆积如山的铁
正在陷落,黑暗中不能自拔
铁的内部,到底发生了什么
使它沉沦在自身的躯壳中
时间,身份,用途
还是内心坍塌的意志

(《红岩》2022年第1期)

铁路公园
郑小琼

从旧事的股份里抽出南风与诗句
漫长午后观察木梳与短促的春天
溪流用柔和的语调传递爱的孤独
伞莎草谦卑身份焕发古朴的力量
桉树叶闪烁夕光不易觉察的微澜

香蕉树在自我制造,春日的光照
偏离它粗大的枝叶,隐匿在蕉林
废弃铁轨边,一张张网红的脸孔
涂抹油漆的铁轨伸入荒芜的藤蔓
延伸了暮色中木材厂女工的憧憬

水葫芦在沉思堤岸拐弯处的弧度
弥漫生命丰盈的星辰,花树和灯
榕树上的鸟群,一条静寂的石径
在山茱萸的阴影里,闪着幽光的
甲壳虫像黑亮的灵魂,退回草丛

在钢厂热轧车间

卢卫平

九岁的一个午后

在村头铁匠铺的

一次铭心刻骨的烫伤

让我犹豫要不要

进入热轧车间

但广告牌上国际一流的字样

让好奇在一个闪念间

就战胜了犹豫

进入热轧车间

我看见一种钢在飞快中

轧切另一种钢

我走在天桥上

分不清是天桥

还是我的双腿

在巨大的轰鸣中颤动

每道工序都是自动化

我没有看见工人

在车间出口处

我自言自语

百炼钢化为绕指柔

我在机器的庞大

和我身躯的渺小的对比中

所露出的胆怯

是我在热轧车间十分钟里

最柔软的部分

(诗集《瓷上的火焰》,花城出版社 2021 年 12 月版)

铁道工老庄
任东升

能说出一条铁轨有多长,不叫能耐
掂量过路基下的石子究竟会有多重
那才叫疯狂。从第二十三个路标
到第五十八个道岔
他亲手筛过的石子,应是
一万五千六百三十三筐
而从他参加工作算到今天
三十七个年光筛下的石子
八成可以从地球,一直
垒到月亮

路基处理,谁说只是将石子
堆在轨道下方,而还要考虑高低
调整水平,确保风吹来了
不致散架,雨打来了也不会撒汤
甚至就算是成千上万吨的列车
狠命轧过,它也丝毫不会被挤出
一丁点儿的泥浆
再长的路基,有了
老庄他们一颗石子又一颗石子的
千淘万漉,就再也不会塌陷
就会变得无比硬朗

只是今夜的最后一班列车驰过
就又该起道了。一个较劲的早晨
到处都可以听到,金属和骨骼的
合唱。汗滴子砸得最热的地方
很快就会有明晃晃的铁轨
撑起太阳
它不只牢靠,也还平整
它不只顺溜,也还妥当
说是像他的腰身,虽说只伸展了
两道筋骨,却硬是托举了接踵而至的
冲击波,动力场

一个铁打的汉子
就该在叮叮当当的敲击中
一遍又一遍地改写对支撑的诠释
一天又一天地丰富
对远方的铺设和想象

(选自作者自媒体)

钢厂(三十八)
孙方杰

轧好的钢板,在货场上
叠罗汉。那坚硬的脊骨
像我的工友,卖着憨厚的力气
被风吹斜的草茎下
秋虫的鸣叫,婉转又迷离
比钢铁击打钢铁的声音
更嘹亮

秋虫的鸣叫,是雄性的
在它们的得意时刻
放任着青春的孤注一掷
它们的背后,有着太雄壮的渴望
它们振动翅膀,划动清亮的情歌

钢板缝隙间的婚房
接纳了成千上万的婚礼
这求爱的声音,也是它们的挽歌
在基因传家和生命的舍弃之间
它们从来都是顺其自然

就在轧制钢板的那个晚上
我的声音也颇似这些秋虫的声音
在钢厂这个属于男人的世界里

每个人的鸣叫,都需要

一声漫过一声

比钢铁击打钢铁的声音更嘹亮

(诗集《钢厂》,山东文艺出版社 2021 年 12 月版)

铁的隐喻

萧 清

铁在生长。如同
一只只兽在呼吸,它们发出
隐秘的私语,在城市
尽情地扩张领地。
每一次聚集,都发出无声的轰鸣。

在工业的炉火里,它们
被重塑。沉迷磨牙,热爱造梦,
倾听风箱无力的声音。
每一次焊接,都令一些元素雀跃。

那一块块燃烧的铁、滚烫的铁,
任性地奔跑。
它们拥有黑夜的颜色,跑了
那么久,却找不到一个
可以交谈的人。

(《诗歌月刊》2022年第6期)

钢铁炼成记
马 晓

钢水形成,距离三根电极凿井厄运
只不过是时间问题
炉内电弧不断放出,炉料深埋的火苗
被切割成无数个发光体

钢水炽热。他在炉边搅拌、取样,汗流浃背
我想走过去,用手机
拍摄他明亮的眼睛,并帮他
把冷却的试样拎回五十米开外的化验室

在众多的野史中,钢铁的一生
是一部哑剧,有不可破译的青春密码
疲倦的黄昏和惺忪的清晨
站在十字路口相互指认,等他前来认领

来自炉膛的火焰,以水的形态燃烧
他必须像珍惜婴儿一样
珍惜它,并承受它的炙烤和温度
疏松的岁月流失的骨质和缺铁的血液

(《星星诗刊》2022年12月号上旬刊)

钢铁影像

马 晓

1

这些矿石,它们是大工业的

根基,聚成脉,藏于地

这些风,它们是矿石

伸出地面的枝,时间的铁锈红

在黑暗的甬道里鼓劲

冶炼工身手矫健,以钢铁为荣

举起铁锹、氧管、取样器

没有比这更为壮阔的大手笔

喊出的号子多么迅猛啊,白云鄂博

2

铁矿扎成堆,憋着一腔火

等那些儿旧事发酵

忍了多少回都无法说出口

作为矿石

往返于生与死的途中

以纯粹炽热的心

落日般壮丽的死

朝阳般喷薄的生

与疲软的喧嚣签署契约

岩的浆,石的火,钢的水

在熔炉里喧哗与死寂

那么多火星,等着电极凿井

那隐形的力量

维系一个小宇宙的中心

3

骨头富含铁元素的他们,像雨点

在这片大西北的荒滩泼洒

有豪情涌动,有青草自由拔节

无数沙石随风迁徙,他们

从矿石取出流水,滤掉杂质

我感觉他们更像一名内科大夫

善于望闻问切,中西结合

为钢铁调配药剂,或刮骨疗毒

他们曾经保持过一项纪录

炼出一炉志气钢,让坦克的装甲

高过那个年代的任何荣耀

4

他们在烈焰中阅读矿石

日出而作,日落而息

为了一块钢铁,雄心燃成烈火

马达在身体里轰响

肋骨已包不住沸腾

沸腾的血液,沸腾的铁原子

浇注在一首诗的毛坯里

修改、校正、打磨

倒出利润,和鞋底的沙子

在铁锈味的诗歌里

读出神秘古老的炼金术

他们在为悠久的文明战栗

5

作为冶炼工,在时光的册页上

心跳,和荣誉

不知能留存多久

在夜晚的灯光下需要清点

相互指认

我们彼此阅读,折页留痕

目送落日,迎接星辰

钢铁成为语言建构的图像

一直都在,未曾缺席

在人世上,在万古的天地里

缔造一个新秩序

又要毁掉一个旧秩序

(微信公众号"兵工诗群")

高　炉

孙苢苢

它是神秘的,它硕大的身体上
总有穿着橘红色工装的大鸟一样的人
在上面走动
他们是飞上去的吗?
有时拿着维修工具,电焊工具
像会魔法的人
又像从太阳上下来的人
他们离一两千摄氏度高温的铁水很近
每个人的衣服上都有很多破洞和伤疤
高温和铁水映红他们的脸
使他们的面孔像罗丹的雕塑
也像一首史诗
庄严,肃穆,严谨,深沉

汗水一遍遍清洗他们
危险无限次接近过的身体
高炉,这个人造的"太阳"几乎
要烤化他们的汗毛和内脏器官
从高炉到炼钢炉再到轧制车间
从铁水到钢花再到钢坯
螺纹钢、圆钢、钢板、钢管
产品从不同厂房肚子中生产出来
坚韧,敦厚,如史诗,一起铸造
成为时代的桥梁、脊梁和栋梁

(选自作者自媒体)

我的师父
林艳华

他眯起眼睛,高低平仄
突然间就有了韵味
他的眼光与卡尺
通常是不谋而合
我也时常猜想他的内心
是如何动用了神灵般的意念
直至抵达最完美的分寸和刻度

车,磨,刨,铣,钻
每一类都别有用心
这看起来近乎可怖的易容术
从粗糙到细腻,从原始开始
改头换面,从一张图纸上
走下来……
我看见师父额上的皱纹
无一不是岁月勾勒出的
智慧的深度

当他轻轻放下卡尺
又一只崭新的齿轮
正与这个时代
紧密啮合……

(选自作者自媒体)

小世界的分量

王景云

钟罩，数据尺，笔，记录簿
气表，卡具台
螺丝刀，螺钉，齿轮片
每天穿梭于
这些元素构成的气场
她看一眼基数
条件反射弧
就立马飞出绝美的数据线
百分之一百五十，百分之七十五
记录簿上，沙沙沙
记下精准计算
无论是大流量，还是中流量
就连百分之三十的小流量
都驾轻就熟，麻利地
调试轮片之间的摩擦
她上齿，换齿，读数据
来回折返
她讨要生活的三米工作台
任凭螺丝刀，旋转，跳动
取下气表。合格率
是她的命运之门
一双手拎起四只表
而每只表
只承受七斤生活的分量

（《甘肃工人报》2022 年 4 月 25 日）

风车工厂

汗 漫

长江边,风车工厂。
十六个工人在天空般巨阔棚顶下
组装三台钢铁风车
献给三处风势各异的旷野。

我曾手举纸风车,带来风和激动。
而今在中年跑步机、暮年高铁
做飞奔状,风和哗哗啦啦的激动
消失已久,孤穷由来已久。

三处旷野将举着三台钢铁风车
在时间里飞奔,带来风声,
在千家万户血压计般的电表中
表达哗哗啦啦的激动。

纸风车鲜艳,钢铁风车灰冷,
以便与旷野的高寒气质相协调。
自虚无中焕发动能和光,
是风车和诗人共同的使命。

通过工厂巨大电子屏幕
远眺钢铁风车转速和发电量等参数,
恍惚看见一个少年心电图异常,
在飞奔中,把纸风车献给一个少女?

(《诗刊》2022年7月号上半月刊)

过化工厂
龚学敏

高速公路的弹弓把蓝天弹到山后
爬山的草沿风的走势稀松，颓废

夕阳散落成臭鸡蛋的味道，从此
不得囫囵

汽车中的我，像一块飘浮的蛋壳
黏在工业的清新剂上
就是被击碎，也与人造的蛋核脱不了
干系

乌鸦在电线杆上与气象预报谈判
夜色越黑越稠
亮处的火光，比乌鸦的叫声还黑

收音机循环播放的乡愁
像是一根浸过防腐剂的稻草
只可用来解忧，不能拿来救命

(《大家》2022 年第 2 期)

风力发电

张笃德

国道两侧　平原　荒地　山脊
银白色的亮翅　刺破天空的蓝
一棵又一棵飞天的树　叶轮的枝丫
迎风招展　转动不息的梦幻

在时空上刻下轨迹　神奇之手
舞动血脉奔涌的风　搅动天地与人心
巨臂之浆做大地的引擎
起飞　工业的豪迈与恢宏

空旷的一切如此平静
复杂与喧腾都被风隐去
挥汗如雨　机器铿锵被风切割
一丝丝暖意　太阳明澈的神经

激情浪漫　饱满　充盈
钢铁的森林　一个世界的童话
汇集成体内的一条暗河
穿行于地心　化为时代的光波

有多少风就能制造多少憧憬
就能看见人的智慧和力量集合在风里
胸怀澄明　白云的手帕
似澎湃的心境

(《扬子江诗刊》2022 年第 5 期)

胶州湾跨海大桥

韩宗夫

胶州湾畔,一幅神祇的画卷
正徐徐展开,让我再次见证了
大海的清晰和无限
黄岛与青岛,隔海爱慕已久
今天终于走到一起,血脉与亲情
如今变得畅通无阻

我看到的,并非是你想说的
这有什么奇怪
一种超自然的力量,一旦穿越大海
便带走我灵魂中的虚空
飘满海鸥的天空,一再降低
以大桥为礼仪的眠床

在天空的蓝和大海的蓝之间
我的脆弱是无形的。一辆辆汽车
呼啸着疾驰而过
只有点点灯火还在寻找
超越时空的渴意;通透的船坞
让我轻轻眩晕

跨海的体验很快就会到来,又会很快过去
风暴,沉睡的风暴

请你在适当的时间苏醒

迷离的海雾，有着迷离的美丽

请你在高速飞行的时候退去

退到大海以下

远处，有几只黑色的渔船

在声情并茂地歌唱，水族沉湎于

涨潮时的快乐，白色鸥鸟

热衷于无障碍飞翔

还有我，要凭借一桥飞架的锐气

去攫取海天之间沉浮的谣曲

（《扬子江诗刊》2022 年第 5 期）

时间重叠后的多维度力量
孔鑫雨

顺着一颗螺丝的纹路
打开整个车间的流水线
曾经的野蛮劳动轨迹
显得忐忑不安

卷入车轮的断发
被冰冷机器吞噬的血液
破碎的夜晚,睁着眼睛
沉默……

时间就像扛着风的摄影师
打开悬浮列车的大门
它的胸膛宽阔而明亮

自动摇摆的机械手
把爱和恐惧留在魔幻的编码中
隐形的线路站在高科技的台阶上
梳理死神曾经留下的细节
这血肉之躯,用爬行的时间
从站立到飞翔
用不眠之火
和宇宙搏斗

看着铁与铁的凝视
那个流水作业的女工

叹息着内心涌动的碎片

全自动机械化作业
在一个小小的荧幕上跳动
她的笑容带着致敬
手指以静默又炙热的姿态
去开启云彩的新礼节

解读攀登光明的一道道阶梯
我们不愿意提起伤痛
我们又常常回忆伤痛
当人认知了生命的瞬间
没有哪一种创新是永恒

在没落的旧工业时代和
创新科技的新工业时代
只要被我们所需要的都是伟大的

那些在旅途中"死去"的黑暗
在太阳升起的时候
都是值得歌颂的黎明

（选自作者自媒体）

劳动节 2020
——写在父亲生日
葭 苇

起，落，转，停。
日头下，倾斜是一种禁忌。
他扶起钢筋的手，像扶起
一朵花。常新的旧匣，
牵引出空间的诗学。

救赎的绶带勒紧脚手架上，
由工龄提炼出的步率。
无序来去的工友，像失去
磁场的信鸽，视他的指挥
为静物。抽烟蒂的男人们，
蹲在塬上操心下一年的口粮，
就像三十二岁那年的他，愁于
新生儿迟迟没有下落的乳牙。

而他松动的牙齿，被楼板的风
袭击，咬不住一口白云：
蓝天的壁挂，比神谕难得。
背脊津湿，刺眼的白日。
脚踵的砖屑，等量于
揳入腿骨的沙浆。影子拓在
循环的冷墙。而汗味，

留给最亲近的人——桌上，
一只病斑的嘎啦苹果。
贴在防盗门的水电费单，
签下他用旧的名字："建"，
要一笔一画地写，仿佛
勾勒出，一副天设的命数。

明天，噼啪的电粒
会持续激溅出，家的雏形。
那些人是否会和他小小的女儿
一样，拥有一生的幸福与安逸？
水泥冷却掉的中年爱情，
在三十年前的工程图纸上，
目睹一场失雪的冬季。而在

一个立春日，世界把明亮的婴儿
顺着渭河水淌给了他。秦岭的风
翻动字典，把上古丰茂的水草
掖进一个乳名。那乳名
断然长成，春天的眼睛：
余光里的落日，正徐徐退场。
接下来的路，她要自己走完。

沿时间折返村口的路,
却走不到尽头。他一生
只有简朴的爱。一觉醒来,
几十年的寂静。到了夜晚,
就掏出捂在兜里的旧事,
下酒。眼睛一热,
人间就有嚼不完的花生米。

——父亲,这双眼睛
何以从一个年轻的背影中,
看到了你。寡言,紧闭。
以艰苦的作业,回应
一生中,那些从来没有
被问起的问题。

(《两岸诗》2022 年第 9 期)

劳动节,与铁诉说

刘 鸣

1. 铁 质

土地的肥实,铁的肉身

石头的坚硬,铁的骨骼

那烧红的云块子,铁的肝肠

雨滴雪花陨石,铁的颜色

你看钻山淌河的高速路,动车,铁在向往

轨桥舰船大炮火车,铁的血脉

体质内外的支撑,铁元素的集结

万类终归落地入土,铁会再生或缄默

铁树开花,灼灼其华

与自然生态万类在宇宙

我们一帮铁哥们儿,铁,斩钉截铁地大声说

2. 铁 色

你说铁是黑色的,重是老年的不惑

我说铁是亮色的,红银白是花季的光泽

铁就有了生命,落地生根发芽

抑扬顿挫的歌谣,风雪婆娑的独特

铁就有了内涵,上下五千年的渊源

活脱脱与华夏长江黄河水流着，没有停歇

3. 铁　艺

支一土炉子，火猎猎吐着舌
阿爸钳一坨也许是春秋时期的锈铁
让燃烧与锈铁相吻或炼狱
阿妈抡起大锤，在磴子上多少次地打击，较劲与铁
铁的血汗星子飞溅着，种子屑末落地了
生铁到熟铁的坦白，魂魄，农耕器具的恩德
镰刀像新月牙牙，斧头矛子抖上长把杆
还是春秋战时的刀枪，保家卫国功劳显赫

阿爸阿妈已不在，打铁火焰早已熄灭
你看天地间所有关于铁的技术，你的豪车
不要只管使用，与阿爸阿妈和舛生的铁许诺了吗
相互体贴

4. 铁　人

喜欢犁耙刀枪的古代，矛与盾
在其铁块子上镂龙雕野，紧紧凿琢拿捏
藏巴的金刚菩提，天珠，普巴杵
天铁，天上掉下来的西域传说
王进喜日夜苦干，大庆十八层壳里的油脉

两行平行轨道的摇曳,轮回了千山万水的岁月

我每天与铁握手,问好,打工艺术的亲切
割铁锤铁焊铁磨铁,钢钢的日子实在
铁厚铁香铁美的生活要得

(《长江诗歌》2022年5月1日)

开工的日子
顾 伟

飞雪漫天飘扬,一而再再而三禁闭了元月
西北风呼啸,一遍遍消磨着泥火山的雪白
耐不住寂寞的黑尾地鸦成群结队
飞向东面的安集海峡谷抱团取暖
丢弃被冰雪雕琢的独山子,冷至骨髓

一次又一次调试。来临的最终会结束
如期结束是一种学问,滴水成冰的宁静
普拉提,这个炼油工人脚踩风雪
一瘸一拐挪回地窝子
左脚脚底板麻木、脚面疼胀
坐在床沿,右脚的鞋帮顶在左脚鞋跟上
使劲蹬着。三天没有脱过鞋子
工友的鼾声宛如竞技比赛,丝毫影响不了
他迅速加入合唱队列的麻利

年加工能力五万吨的管式常压蒸馏装置
被正式驯服了,产量、质量可圈可点
从设备、设计到施工全部由原苏方负责
只能打打下手的普拉提也紧张得天昏地暗

各种泵流量、精馏塔液面高低
分馏塔顶温度一概由仪表自动控制

压缩机、鼓风机、加热器、换热器
冷凝器、储罐等设备一应俱全
猛然把炼油厂的地位、工艺技术
上升至当年中国最具现代化的水准

天山山脉延绵。泥火山构造以北
处处都有坦荡的戈壁和雪原

积雪禁锢着草籽的睡眠
新工厂升腾的水蒸气,弥漫半山坡
一点也感觉不到腊月的切肤之痛
开工的日子过去了,普拉提内心荡起涟漪

(《民族文学》2022 年第 10 期)

中国边境工人

朱天蔚

他挖陷阱,套蛇,捕猫头鹰,
以及在冬天里喝血粥。
他的日子被税务局遗忘,
像一头年轻的梅花鹿
在自然空气中跑步,而不是
在跑步机上。
二〇一九年,当地镇政府邀人拍摄一则
旅游宣传片。那时他在工棚里
精心地配制鱼钩。
他们找到了他,并打算采访他。
在下班后的红树林里鲫鱼潜伏的水域附近。
记者说:"谈谈你热爱的事情吧。"
"它不一直在谈论着吗。"
"听听这声音!"
他把鱼钩划进重重暮色,穿过树叶
变成清脆的水声。

(《广西文学》2022年第6期)

一粒种子
谭文波

一个人就是一粒种子
夏收季节,一株巴山的滴翠芽苗在长江里游弋
一眨眼,他已行走于准噶尔盆地的猎猎风声
石油的甘烈烘干山城的水分,巍巍的天山串起银炼的星子
秋季的垭口,第二代石油人的基因令他的身体自然回暖

荒原的鸟鸣使空寂被持续放大
厂房里,那些已喑哑许久的工具、零件
将他内心落寞的雪花收回
与生俱来的创造力在默契的回声里觉醒
他开始生根、破土,靠近理想最深奥的隐喻

这个不被看好的技校生,如同岩画上的斗牛
执拗地坚持自己的梦想
陈旧的工作室,昼夜是工匠的花园
他像猎鹰专注于唯一的据点
孤独不曾使他缴械
他精心、细心为每一样机器擦亮火柴
电缆车的电泵遭遇故障,外国专家刁难
眼看公司将损失上千万元
尊严和信念,使他的灵感浓缩成一枚核能
让时间暂时退出手表,精准射出潜能的子弹
三天后,他竟用废旧材料排除了故障

步履撞击岁月的沙漏,他是充满电的轮渡

甲板满载妙手重生的机器设备、改良技术

一线生产的高效性、安全性、科学性如同候鸟得到栖息

电动液压地层封闭技术,成为世界首创新技术

新型桥塞坐封工具,投入使用上千井次

30年来,解决一线生产疑难80多项

获国家发明专利9项,技术转化革新成果5项

他悉心培育的青年骨干,如涨潮前驶来的圆舞曲

"大国工匠年度人物""全国五一劳动奖章"

生命的琥珀愈加澄润

戈壁残阳,将川汉子的汗水漉为彩虹

在他的世界,无须赞美的修辞

他是祖国之子,新时代为发明者奉上罗盘

他雕琢机械竟触摸到少时的誓言

一粒种子成为自己的诗歌现场

(中国诗歌网"新韵律"诗歌第四辑)

在锯木厂

费 城

在锯木厂,寂静包围着我
那些参差的灌木丛,抖落下叶子
瘦骨伶仃地站在窗前,被风吹送的样子
满是惊惶

黑黝黝的树影更暗了。树枝枯折
压低了天空。仿佛多年以前
那个少年,站在明晃晃的秋风里
看一棵沙枣树,如何抖落尽满树叶子

啊,心地荒芜之人
多年前已不知去向,繁霜覆满的庄园
路人正小心探询远方亲人的消息

(《文学港》2022年第1期)

正月初二在普威镇寻木材加工厂不见

王子俊

四十年前,
积雪在山腰移动,
明月照亮锯木厂。

所以我一念叨,积雪
像凝固的大半生,
一只大黄蜂就迅疾坠地,如余生,无趣占多数。

(《诗潮》2022 年第 1 期)

回到锯木场

吴乙一

——如何安抚木头内部悠长的尖叫
从少年,到中年
锯末芳香佚失,颜色由浅渐深

——如何安慰长在年轮边缘的蘑菇
阳光藏在雨伞下
它高喊无人知晓的哑语,画地为牢

——如何在干枯的枝丫重新安放鸟巢
让学会了飞翔的麻雀
跳在这方寸之间,哺养鸿鹄

——如何将它们造成洁白的纸张
画完正面,在背面
也画上森林,以及一条漫长的河流

(《广西文学》2022年第6期)

布袋和尚

蓝 毒

新疆半荒漠,某工地

我左右腋窝各夹两根 18 公斤粗 65 厘米长 PVC 管

独自往返送到基坑

时值 2021 年 7 月 7 日,气温 37 摄氏度

我工衣大开,袒胸露乳,沐热风汗雨

安全帽胜似光头,碰伤宛若疥疤

突然兴致起——

来,干了这杯

藿香正气水

举杯,唯有远处天山兄、高处云彩妹

别说,脚下真有三分醉

差点撞到钢筋

那刻,天是公,地是母

我好想要一只烧鸡

工友们各自忙活,黄沙遍地挠俺的脚底

大声朗诵诗

哈哈,李白小杜甫

哈哈,顺来的百事

哈哈,这一时这一世这么一走

四个大管子做四个布袋,布袋空空

布袋和尚啊,你说这溜不溜

(《三角帆》2022 年夏卷)

辑四

曹妃甸港

陆 健

能停泊四十万吨级货轮的深水港
连通多个港口的世界大港
我远远望去,他也远远望着我
在海岸旁

吊车、滑道、钢缆、集装箱
移动的山岳。近了
几位工人从钢铁里走出来
脸上也闪烁着金属的光泽

巨大的抓斗,一次抓举多大重量?
一位从诗中走出来的同伴鼓足勇气
说"五吨""不,一次七十三吨"
工人笑了,伸手做了个抓握的动作
有其特别的力道。这时天空很松弛

最坚硬的存在,旁边有柔软的海水
在海豚背上微微起伏
含情脉脉的蓝,含情脉脉的不语

一声汽笛
来了日本,也许巴西的货轮

(《诗刊》2022年6月号上半月刊)

第四座大城·腹地
刘立云

让我们来谈谈那片腹地。不仅因为它
地处北京、天津和保定三座大城的中心；
也不仅因为我们的祖先在它的三足鼎立中
悄悄埋下一张弓，渴望它蓄势待发
渐渐地被一只手拉满
启迪我们的还有大地神秘的台阶论：
太行山东麓是它的最高一级
冀中平原中部，沿拒马河下游南岸蔓延开来
最终由大清河水系冲积而成的扇面
为第二级；辽阔的上下都很平坦
然后像大陆板块那样
巍然上升的，是太行山麓平原向冲积平原
延伸的过渡带——我们所说的腹地
或者说，因为等待得太久而渐渐
塌陷的那片洼地
就横亘在这里。亿万年来，它默默无闻
它望眼欲穿；生活在它土地上的人们
日出而作，日落而息，恪守着
耕读传家的古老传统
直到密集的震颤大地的挖掘机和打桩机
轰轰隆隆地驶来，拉开一道筑城的大幕

腹地就是像我们腹部那样的一片地带

宽阔、深厚、坦荡
柔软的腹肌接纳时间的沉浮
和风雨的击打，与一颗强劲跳动的心脏
为邻；它当然还应该有一个巨大的肺
帮助我们吐故纳新，把往事
和瓦砾埋藏在地下
后来我们才知道这个肺，是一片富饶的水域
名字叫白洋淀；它的存在让四季
分明，土地沃野千里
空气湿润得能攥出水来；城市与乡村
逐渐被一道道车辙遮盖
适合种植庄稼、现代都市的街道
绿地和文化广场、换过思维和视野的新人类
和新概念、没有围墙的经济开发区
和大学城、国有企业总部
高科技研究所和生产线、朝阳产业的
拓展和延伸部分、各大医院
和商场分部；青年人恋爱、畅想
拼搏、攀登，和繁衍子孙的小区……

必须说到时代这个词了，这是一个大词
一个动词，一个生气勃勃，排山
倒海，什么都能装下的词

而时代，就是一壶水烧开了在嘶嘶叫喊

已积蓄让自己裂变的力量；一条河

正沿着自己认定的航道奔腾

一朵花含苞欲放；一道闪电把天空撕裂

紧接着雷声大作，一场暴雨噼噼

啪啪横扫过来；一次航天点燃了熊熊火焰

或者如海底火山爆发，紧接着

是海的怒吼，海的呼啸，海的云水翻腾

天与地被倾覆被笼罩被吞噬

留不下一丝缝隙

一丝光亮；时代与人，与这片土地的

联系，我们能想到的词还有元宇宙、云计算

大数据和大趋势；还有国家战略

顶层设计、人类命运共同体

是的！腹地如腹部（当然是我们母亲的腹部）

那也是受孕的地方

妊娠的地方，一个伟大的婴儿

十月怀胎，在某个早晨呱呱坠地的地方

哦哦！千呼万唤的一个奇迹，或者说

三足鼎立中的

第四座大城，你是否感到正呼之欲出？

（《诗选刊》2022 年第 4 期"建功新时代　雄安进行时"专辑）

雄安进行时
——写在雄安建设五周年之际
陈德胜

相信白洋淀带来的传奇

相信唐河、府河、漕河、瀑河的活水

如古书上说的"汪洋浩淼,势连天际"

相信月宫里的镜子反光

成为一百四十三个淀泊

这幽深的记忆

影响到了芦苇和荷花的来历

白洋淀,总会深藏一个仪式

五年前这里叫雄县、容城、安新

现在叫雄安,或者叫

千年之城,未来之城

1

在林子里喊一声

声音可以从一棵树传到另一棵树

以至于辽阔

一声长鸣

先种树,再建城

树可以慢慢生长

城市的年轮转动绿色的涟漪

未来的雄安叫蓝绿空间

蓝是白洋淀

绿是千年秀林

油松在这里安家

它和有灵魂的白皮松毗邻

未来华山松的投影那么巍峨和沉静

还有楸树喜光和耐寒

一生都有梦想

两百多种常绿乔木

落叶乔木、亚乔木、独干灌木

它们已经构成了最初的苍茫

最初的分类

它们按照

树高、冠幅、主干、地径、胸径、土球直径

依次进入雄安大地

它们站在那里

有必须要成长的标准和理由

每棵树都有一个身份证

二维码链接着雄安森林大数据

有安检,它们像一个活动的人

它们自身携带着树种、规格

位置和生长信息

没有一棵树会轻易走失

每一棵树都有自己的"出生证明"

它们会彼此谈论前世和今生

每一棵树都有自己的"健康证"

从苗木栽培、检查、管护
修剪、病虫害防治
记录它们的惊蛰和谷雨
大暑和白露

两百万亩两千万棵树
中间给游人几把椅子
他们谈论健康和交响乐
树上的鸟巢随着青枝越来越高
上升的鸟鸣，腾空的翠绿
一望无际

2

雄安建设"先地下、后地上"
一座城市的地下大动脉
地下综合管廊
电力、通信、燃气、供热、给排水
无数条生命线
在地下呼吸和延展

我看到地下的繁星闪闪烁烁
地面上的城市一片繁忙
地下的城市川流不息

地下在建设道路

双向四车道

无人驾驶的汽车运送货物

汽车的上面无人机在飞行

飞机带着另一座城市

写给雄安的信

这是城市综合管廊的最顶端

它们离地面最近

管廊,三层四舱结构

再下面一层

"人员疏散和通风设备安装的夹层"

人可以行走

从一个端口下去

在地下穿行

可以赶赴一场约会

地面看不到我的身影

我已经出现在你的面前

风也可以,一股清流

裹挟着白洋淀的荷香

一半留在了地下

另一半创造奇迹

在地上看雪

在地下融化雪花

白洋淀的水也可以在这里自由出入

清洁的水源

通过地下管廊流进千家万户

地面如此安静

地下波浪翻滚

与水挨得最近的是电力

这座新城的路面

不会再像拉链一样

拉开又合上

电力网线早早地被安放在管廊里

燃气管廊早已预制

它们和水路一样

向左走,向右走

暗潮涌动,上到地面

就是光亮

与此同时供热管道在这里提升了温度

太阳和月亮可以并排走进管网

朝暮之间,升降之际

日夜旋转的雄安

人与人彼此问候

通信系统偏爱一个词

爱和被爱

它们同在一个地下通道里
适应未来和生存

3

雄安,一座城市正在建设
从土石方到钢梁、混凝土构件
每天都在上演新的剧情
每个部件都有预定的位置和节奏

在这个幕布的背后
还有一座雄安同步诞生
雄安还有一个孪生城市
数字城市
它们既是一体又相互伴生
雄安,每一个物理空间的物体
都有唯一的数字身份
从一张建筑图、施工图实现全数字化
每一颗螺丝
都可以在虚拟空间里找到它的方位
记录一滴雨的下降过程
记录这一滴雨所汇入的洪流
它的身份和成分
它的晶莹和被树叶吸收的全过程

从黑夜到白昼

一个路灯的明灭

都充满智慧

数字城市也在悄悄生长

它们在写同一个历史

同步起始又同时抵达

虚拟和现实的城市

一面是向上挥舞的臂膀

一面是向下伸展的躯体

现实城市中的血液

在虚拟的脉管中流淌

它们互为主体

互为影子

现实世界的灯火阑珊

虚拟世界的蓦然回首

一个在5G的速度中奔跑

另一个是现实喧嚣的真相

它们有共同的宿命

万物互联感知

在虚拟的城市

还有一个"我"在审美的幻象里

在虚拟的语境中生活

或是在诗歌里

有着数字的灵魂

按照秩序排列

从一座城市的原点

轮回更生，不寂不灭

4

白洋淀，三百六十平方公里三千七百条沟壕

华北平原最大的淡水湿地

此刻，岸边有着惊天动地的声音

水里也发生了很多故事

青头潜鸭，白色褐色黑色相间的羽毛

它们忙着吃草根

雕鸮盘旋俯冲

疣鼻天鹅路过白洋淀

也许它会住下来

黑尾塍鹬飞行发出响亮的声音

长额象鼻溞、鳑鲏鱼、背角无齿蚌

它们在水里吞吐着梦想

也许能发现新鲜的词汇

它们的共同点

只有在清洁的水体下才能生存的物种

白洋淀的水可以重生
控源、治河、补水、生态修复
一些河流堆积物
仿佛是一种存在
上游的大水把它们运送到淀里
如今,那些污染物已经退回到
它们该去的地方
让干净的流水再没有遗憾

工厂建起了污水处理
雨水和污水分开
退耕还淀,生态清淤
湿地净化,护岸种植
南水北调、黄河水缓缓而来
流到白洋淀是一面镜子
多少年从未照见的光影
一条鱼从水里也能看到
土地上的建筑
鱼还不知道,它的活法
也影响着一座城市的进度

5

一座未来之城

已经从"京雄城际铁路雄安站"的建成

开始走来

这座整体造型犹如荷叶上露珠的车站

也叫"青莲滴露、润泽雄安"

一座会发电的火车站

它还有更多的暖心的设计

创新、智能、人文、绿色等诸多元素

去雄安已经有了多种抵达方式

"四纵二横"高铁

"四纵三横"高速路

没有了遥远和阻隔

一次次刷新"雄安速度"

一条条道路

一座座车站还在建设

它们有的靠近白洋淀

有的像腾飞的翅膀

从有些路上能看到芦苇

和雁翎队的影子

6

雄安人有的已经搬进了新家

雄安建设有这样的专有词汇

"容东片区、容西片区、雄东片区安置房工程"

还有一个词叫"雄安质量"

在这里,成百上千栋的建筑同时施工

在这些小区里

居住的楼宇不是很高

绿地均匀地享受阳光

蓝色和绿色交织在一起

有城市生活

也有田野景色

住在这里的人说

他们步行三公里走进了森林

一公里走进了林带

三百米走进了公园

有几棵老树也留了下来

一棵是枣树

另外四棵也是枣树

它们或是叫乡愁或是叫见证者

他们的故乡是一座村庄

一个刚刚出生的孩子

他们在说起故乡

应该是一座公园

或叫小区里的淀泊风光

7

在一张白纸上作画

雄安，一点一点露出了雏形

这座城市是可复制的样板

环城市外围道路伸向不可测的远处

内部骨干路网是心脏的血脉

一条生态廊道的交响

从雄安水系看云淡风轻

我们把这里叫"四大体系"基本形成

一座新的城市

一切都是崭新的

北京向南百公里

在冀中平原

城市全季候拔节生长

塔吊的丛林

十万建设者

二十四小时的不停歇

千年大计的谋定后动

九河下梢，城市的触须

不舍昼夜,从图纸上行走

在空中和地下散枝开叶

雄安五年

有过动与静、快与慢、先与后

从"任务书"到"时间表"

从"路线图"到大项目的"快进键"

"开局就是决战,起步就是冲刺"

从空中俯瞰

土地慢慢改变

每个角落都携带着智慧的密码

在打开未来建筑的同时

还将建设两座博物馆

一座是农耕

另一座是渔猎

新建筑里的旧事物

穿越时空的渔网和炊烟

有织苇席和西河大鼓

有大鱼鹰和小嘎子

未来之门

开启劳动者的光芒

未来的时间

永不停歇的钟摆

从白洋淀捧出怒放的蓝图

雄安，雄安

一脉相传的

祖祖辈辈的虔诚

责无旁贷的

新时代人的使命

（《诗选刊》2022年第4期"建功新时代　雄安进行时"专辑）

雄安高速

孟醒石

2022年4月1日，雄安新区成立5周年。5年来，交通发展作为开路先锋，为加快建设雄安新区提供了坚实保障。在高速公路方面，2018年2月，津石高速公路打响雄安新区对外骨干路网建设的第一枪，至2021年5月，京雄、荣乌新线、京德高速一期工程和容易线、安大线建成投用，以京港澳、京雄、大广、京德为"四纵"，以荣乌新线、津雄、津石为"三横"的对外高速骨干路网基本建成。

一、一笔落，万物生

和煦的春风，吹醒了古老的燕赵大地

辉煌的恒星，将燕国易都南阳遗址[①]

铜鼎上的铭文照亮

以大篆的手法，《诗经》的韵脚，《史记》的气魄

在首都与雄安之间擘画一条条上善大道

——京雄高速、京德高速、荣乌新线……

一笔落，万物生

从设计之初，就通向诗和远方，直达未来

建设者以汗水，洒热土

舞云门，歌大吕，奏黄钟

为祖国擎天架海，浓蘸七彩油墨

画和谐盛世，与有荣焉

凝注科学与智慧的高速公路

与白洋淀万顷碧波、千年秀林

构成生态链、五线谱

让圈头古乐②发出时代新声

"为人民抒情，为人民抒怀"

交相辉映，直到永恒

让每一代人出行时

都能体验到自己的波澜壮阔

从精神的原乡，直达浩瀚的星空

注释：

①南阳遗址，位于雄安新区容城县晾马台乡南阳村，是春秋战国时期遗址，全国重点文物保护单位。出土西宫铜壶、铜鼎等文物40多件，保存着春秋战国时期燕国易都的迹象。

②圈头古乐，雄安新区安新县国家级非物质文化遗产，曲目完整，历史悠久。

二、使命催征

我在作家孙犁、徐光耀的小说中读到启明星

我在荣乌高速公路新线施工现场看到长庚星

暮晚，火热的施工场面

与抗击日寇的战鼓遥相和鸣

精忠报国的队伍

从杨延昭的宋辽古战道③

从雁翎队的万亩芦苇荡

纷纷跃出，踏浪而行

穿越历史长河

迈上荣乌高速新线，建设京畿坦途

使命催征，在抗击日寇的"水长城"之上

建设一座智慧之城

你负责征拆筹建，她审阅图纸预算

我监督施工技术，他维护劳动安全……

岗位虽然不同，但都是散发着光和热的恒星

每个人奔波的轨迹，都是星轨

每一双劳累的眼睛泛着光谱，都是英雄谱

脚下泥泞，心中花开

岁月峥嵘，山河为证

这群人创造出

"雄安质量""雄安速度""雄安标准"

又"功成不必在我"

"聚是一团火，散是满天星"

你看，雄安新区晴朗的夜空

璀璨深邃的银河在沸腾

注释：③宋辽古战道，位于雄安新区雄县双堂乡祁岗村，相传为宋朝名将杨延昭所建，河北省文物保护单位。

三、鼎力创新

建设雄安新区，交通先行

向春风学习，鼎力创新

让人与大数据都"动"起来

把每一颗螺钉，都当作一朵花蕾

以高科技的手法耐心雕刻

把每一寸路面都当作芯片

内存兼容无限

数字化、信息化、精细化、智能化

把废旧轮胎磨成粉末，加入沥青

提高道路的抗疲劳性，延长路面寿命

让勤劳的人民享受真正的绿色出行

让子孙后代都拥有绽放的锦绣前程

向白洋淀的莲藕学习，厚植根基

高层下沉一线

保持纯洁通透的责任心，与人民共通声息

智慧大道提高了京津冀大发展的功率

白洋淀变成亚细亚的蓝海

为人类福祉，探索未来的领域

四、淬火筑梦

古人铸造青铜器之前

先用泥土制作模与范

容城南阳遗址出土了西宫铜壶、铜鼎

刻着铭文，保存着春秋时期燕国易都迹象

雄安高速公路数万名建设者

来自全国各地

继承了这种伟大的工匠精神

并赋予高科技之光

来自湖南、新疆、贵州、四川的工友们

说着各地方言,互为彼此的模与范

共同成长,只争朝夕

举非常之力,下非常之功,行非常之策

每一批建设者,走进雄安这片热土

均如熔化的铜水,慢慢流进模具

阳光透过枝叶的缝隙照在大家脸上

呈现出青铜器淬火时的纹理

"雄安新区,千年大计,国家大事"铭文

烙刻在每一位建设者心底

子孙后代也舍不得擦去

五、和衷共济

将亚洲彩色地图展开

雄安新区的高速公路

宛如一棵棵大树,正茁壮成长

干部群众就是土壤

"上面千条线,下头一根针"

征地拆迁事宜纷繁复杂,千头万绪

大局之下,"钉子户"自拔钉子

企业家主动搬迁让利

周边的永清、霸州、固安、定兴、高碑店

甘愿为雄安新区建设作贡献
雄安不仅是你们的，也是我们的
"鱼乘于水，鸟乘于风，草木乘于时"
大树底下好乘凉
雄安一城，恩荫万方
各路专家学者就是及时雨
用心、全心、深心
出谋划策，贡献专利
调节气候，涵养水土，灌溉家园
新时代的"鱼水关系"，和衷共济
桨声的频率，浪花的心率
与人民保持一致
"绿水青山就是金山银山"
完美地呈现人与大自然的关系
雄安的高速公路，成为新的肌群
为中国大发展提供澎湃的动力
催促时代，阔步向前，奔腾不息
子孙福祉，浩浩汤汤，横无涯际

六、采风写生

新闻工作者也有荷花般层次丰富的内心
花瓣如波浪翻卷
个人价值也随大时代升华，出类拔萃

1943年8月,延安党中央机关报

《解放日报》记者穆青发表《雁翎队》

白洋淀水上英雄的鲜活群像

从根据地传遍了全世界

激励中华民族奋勇抗战

如今,媒体人云蒸霞蔚,鳞集雄安

被荣乌新线生龙活虎的景象感动

将热血的脉动,变为交响曲

奏彻万里晴空

记录历史的人,终将被历史铭记

一次采风犹如一次写生

在大地上踩出印象派笔触

一方水土,因建设者与记录者相互启发

而更加生动

为改革创美学,为民族筑诗魂

成风化人,凝心聚力,润物细无声

七、建设者群像

巍巍太行山,绵延八百里

铜墙铁壁丹崖连续不断

如英雄儿女群像

守护着华北大地和万千黎民百姓

《团结就是力量》在西柏坡北庄唱响

爱国忠魂高耸云端，浩气绵长
滔滔白洋淀，发源太行山
似民族血脉奔腾不息，浪花翻卷
至今仍在深情诉说着动人的故事
高速公路数万名建设者群像
与千年秀林的松柏、国槐、银杏、白杨
与雄安三县建筑工地上的塔吊森林
一起生长
以巍巍太行的霞光为背景
继续咏唱"团结就是力量"
以铿锵的节奏，奋力书写时代新篇章

（选自作者自媒体）

我和雄安一起思想
胡丘陵

失眠的塔吊,在雄安大地上
辗转反侧。一幢幢高楼
学习身边的绿树成长

一张纸,以 VR 的方式
演绎变化
光的笔,在古砚中
蘸着悲壮的易水
书写新的故事

来到雄安,就来到了未来
轨道,在城市之间串门

风,才能分清
新材料与新能源
只有阳光,能够丈量绿色的比例

一个时代的展厅
不断给创新的外卖带货
十四亿人,都看着这个国家的样板房

雄安的每一盏灯,都有自己的算法
我和雄安一起思想

(《诗选刊》2022 年第 4 期"建功新时代 雄安进行时"专辑)

巨荷上的白洋淀
——为雄安新区五周年作
王久辛

残冰在春水之上
双倍的寒凉之上是料峭的春风
在女儿少女的眸子中
轻轻荡漾

残冰在残雪之下
春水在残冰之下
双倍的寒凉之下是春水的清幽
在女儿少女的眸子里
轻轻荡漾

两个荡漾
一上一下的荡漾
白洋淀开始荡漾了吗
雪融至残雪,冰融至澄澈
洁白如玉的冬境之美
悄悄缓缓
一点儿,一点儿地退去
寒极之美的素雅
开始转暖的微风
在问:该春天上场了吗?

—— 白洋淀哦

沿着女儿的瞳眸

我看到冰雪覆盖的白洋淀

早霞轻抚着的堤堰

雪在退，冰在融

刚化出的冰窟窿恰似蓝天下

一窝一窝深情的眼睛

一律是少女的眼睛

真纯清澈

含着人类最本质

最珍贵的美

是活的，微微荡漾的

含着透彻的血和清泠泠的精神

澡雪的精神，无一例外

全部都是少女妙龄期的眼睛

那一窝窝的美

在白洋淀的雪野之上

蓝天之下

扑闪着晶晶莹莹的光芒

含着梦幻般

迷离又烁熠的晶莹

那应该不是看上去的美

是美本身

是含着凉的动人

与心跳是统一的，一律的

是一律的，少女的眼睛

在心跳中美着

动人着

我恍惚觉得

是孙犁笔下采菱女复活了吗？

抑或是那个刘海儿

飘在秀颈上

令大作家心动如潮的

摇橹媳妇儿吗？

哦，白洋淀

该春天上场了吗？

我眼里幻化出了张嘎子

喝唬胖翻译的木头手枪

和雁翎队头顶荷叶

浮游在白洋淀的英姿

打鬼子的日子

与捕鱼捉鳖的岁月

交织着《风云初记》的四季

英雄的白洋淀哟

一直都是男人的虎胆

与女儿的灵秀

融汇成的

连天荷叶无穷碧的一泓仙山

嗯,春来了呀,白洋淀

此刻,望着冰雪覆盖的白洋淀

那一窝窝清幽的眼睛

我看到一尾尾慢游着的鱼儿

在水草如森林般飘摇的

缝隙穿梭,鱼虾成行

恰似忙碌着的人间

在和平的阳光下

幸福地生活

仿佛有一顶硕大遮天的荷花

从女儿少女的眼睛

伸长出来

越长越大越长越大

从雄县容城安新,向河北

向天津,向北京伸长

长成一座科技新城

又向未来伸长

动人的荷花散放着世界上

最奇异的芬芳!

五年了啊!多少智慧在汇聚

多少力量在融合,还有

心血和汗水

还有日月通明的大会战……

哦,这是春天的大合唱

白洋淀的交响曲

我仿佛看到了一顶

硕大无际的荷花

正从白洋淀无际的雪野

那一窝窝眼睛

伸长出亭亭玉立的身姿

是菡萏发华了吗?

嗯,一枝巨大的荷花

顶天立地,遮天蔽日

正盛开在雄安新区

越开越大,越开越大

大至每一位雄安人的心头

一头是建设工地

一头是未来之城

那是雄安人的家,是崭新的

白洋淀,似初绽的荷蕊
香溢九州,美在心头

哦,白洋淀……

(《中国青年作家报》2022年4月5日)

雄　安

芦花格格

雄安的夜晚

塔吊灯掩盖黑色幕布的星星,挖掘机、安全帽、大挂车,向四周展开。

心随光影上升。

火龙伏卧处,是鳞光闪烁的花纹。

梦想翡翠般的城

一群蜂儿在夜的灯光下,筑造遥远的花园。

梦在脚下的石子上,泼洒缤纷的色彩。

而那星空,像音乐打开窗棂。

我听到你,在某个意想不到的清晨。

千年秀林

这是一个在天地间,任意想象出来的世界。

沿着最深的源泉,所有的文明,被原始,一扫而光。

田园的幻景,是永恒的核心。

你走进层层开启的门闩。

蓝色的精灵,在绿色的星海中散开。

打开窗子

是淀泊风光,五百里燕南长城在水天之上。

她说:我看到了百花田、十景苑、千年林……

关于展望,有更神圣的事物。我听过它,在所有的荣耀之上。

遇见不夜城

闪亮地倾洒,仿佛世界枢纽在转动。

寓言,在智慧显现的瞬间。

你遇见它,夜空中某种激情的飘浮。

每个人都过来赞赏。唏嘘!闪光灯,甚至宇宙之眼。

牡丹园

它像火一样膨胀升腾。没有边界。

飞鸟、蝴蝶。幻觉的波浪拍打骄傲的宫殿。

蜜蜂涌入。钢琴描画出路径,在不断觉醒中催生另一个世界。

雄安高铁

放下茶杯。在飞驰的列车上。

天空是住所。当露珠从金线滑落。

思绪如枯叶回到施工现场。绿色的网布,像草原伸向远方。

而那站口,在若干年之后突然丰富起来。

(《散文诗》2022年第7期上半月版)

成都国际铁路港题壁

梁　平

丝绸、茶马丈量的一带一路，
飘浮的云聚了又散，散了又聚，
马蹄的铁俯卧青白江的梦，魂牵欧亚。
内陆铁道港口，太阳神鸟盘旋的枢纽，
以四川话编织多语种蛛网，
密布在成就梦想之都。
一个新晋名词"亚蓉欧"上了世界版图，
泛亚欧的陆地和海洋，一树芙蓉花开，
惊艳了天空。
成都人的想象把钢轨铺成五线谱，
西至欧洲、北至蒙俄、东联日韩、南拓东盟，
国际班列的音箱里，一部交响浩荡。
成都出发，国际供应链上的国家物流，
从原来海上的路一个弹跳，转移到铁道线，
集装箱集装了世界的眺望。
上海有了站台，重庆有了站台，
一干多支，东西南北25个城市水路上岸，
中国风集散中国气派。
天府巨大的聚宝盆近水楼台，
随便捧一捧搭乘中欧班列，炙手可热，
罗兹、纽伦堡，太多的城市醉了。
港口产业集群，过于生硬的专业术语，
青白江流水环抱以后，超千亿元项目落地，
柔软成诗，远方的国际，近在咫尺。

（《四川日报》2022年8月26日）

过赫章特大桥

若 非

桥墩的身高,以亚洲第一的伟岸与威仪,撑起了新时代与新技术的高度。

这沉默的巨人,矗立在野间,伸出两手,紧紧牵住两座世代守望的山峰,揽住山风,也拦住世世代代耕耘在此的人们,奔走的脚步。

它优雅的身段,像一条飘逸的彩带,将公里折算为米,将小时折算为分钟。

曾经飞鸟难渡的天堑,已成为乌蒙山深处车流奔涌的通途。

站在桥上,我被它的高度和速度震撼。

远处山峰面容清秀,星罗棋布环绕,守望着山下越来越好的日子。

身畔车流疾驰,像生猛的少年,迫不及待冲进新时代的中心。

恍惚之间,山呼排山倒海,阵阵是来自万物的咏叹——

在这里,每一寸都谱写着时代之光,每一寸都浸润着中国智慧、中国力量。

而时间之大风,永恒地吹着它,吹着山下县城静谧美好的日子,像山谷里遍布的樱桃花盛放。

(《星星诗刊》2022年7月号下旬刊)

礼　赞
张鸿飞

季节改变不了铁与铁的

抗拒和吻合

钳工工位成了我生活的最大理想国

我的同胞不苟言笑

冷峻是对我们精神面貌的速写

我们的步调整齐划一

每行走一段

都用卡尺卡到毫微

你、我、他，我们

是 DNA 相同的国民

从点到线，从线到面

共同经历锉的艰辛刀的锋利

一些叮当的声音

一些换刀变向的阵痛

一些铁寻找铁时心灵感应的浪

一部分译成了诗，译成储存火热的铁血

另外，译成哲学的一部分

正努力提升着上帝的灵光……

汗水用带着锈迹的语言

拉近铁与铁的情感

把劳动者比作牛，已经不具诗意了

工位上一阵一阵的铁屑

让我看到自己内部的品质

一直想把生命开展得宽点、厚点

一直为寻找灵魂做着割舍的努力

可生命线占用了半个世纪的光阴

仍没有清晰的指向

日夜蛛网一样撕扯着生活

工位就是我的全部人间

工位之外深陷天地玄黄

工位上叮叮当当的口令

唤醒铁的刀光剑影

严格的工艺流程

纵论铁与铁的分合之道

剔除标准以外的巧言令色

一首诗只剩下骨头

当铁发出真实的铁的声音之后

人才找到了人

感谢生活：生命实现了与火互熔

(《小拇指诗刊》2022年第3期)

光明的赞歌
刘慧娟

1

太阳升起。风,拉开天地之间的帷幕。

国家电力演奏的风与光的摇滚,染绿尘世沧桑,传播新能源精神。风电与光伏相继展现的万卷诗篇,活跃在空谷幽兰,唤醒废地荒山。新能源理念,精心编织的明天,都是金色的童话。

来了——新时代的电力工作者!万仞青山中,青春与汗水,宛若朵朵白莲。

2

拨动风影,弹奏月色。蝴蝶隐入草丛。

只有不知疲倦的萤火虫,与夜间调试风机者为伴。

"扳住时间,盯住1号机位。"他们,仿佛听见进度表在呐喊。

已是深夜,调试、消缺、运维……所有程序,都丝丝入扣。他们,偶尔直直酸疼的腰身,舔舔干裂的双唇。风电场的故事,在一片光亮里放大。

歌声,惊醒夜鸟。

信念,在皎洁的明月下燃烧,追赶风机并网的路上,脚步声声。哨声,在夜空划出一条长长的弧线。该休息了——

山水明澈。听由八方来风,汇聚成荡气回肠的电力之歌。

3

电力人的心愿,从风机和光伏板上相继登台,渐次盛开。

深藏春风万里的国家新能源含义,沿着"一带一路"放飞。

技术交流会上,整个团队,被带入风机历史悠久的情结:那时,日月用风车传送福音。提水灌溉,碾磨谷物。今天的风机,肩负保电投产双重任务。

停在风机翅上的晚霞,悠悠穿过城市与乡村的所有灯火。

电的梦想,福泽千家万户。

新能源人,身披光芒,叩响千山万水。他们,将风车机翼的劲风,通过电线的输送,转化成造福人类的光明。

有风为证,他们纯真的笑容,比星星明亮。

4

蝴蝶围着风机翩舞,三叶草轻抚群山的缄默。

电力人,将光明全都种植进黑夜。

南来北往的风,吹出不同的意蕴。每个电力人,都熟知哪个方向的风里藏有故乡,哪缕风中,有亲人的叮嘱。

有一段故事,一直在风中发着光亮——

在刀耕火种的荒山上,国家电投平遥新能源发电总经理陈战杰,亲自带领团队,立下军令状,用菜刀砍出上山的道路。

为让风机尽快竖起,他们,一会儿爬上塔筒,成为空中巨人;一会儿缩成一小片树叶,在风中发出金属之声。施工队及管理人员进入梦乡,他却化为一粒沙石,独守机塔旁的星月。

有次,施工队连续两次失约,紧张的施工期,停止于短促的叹息。这是第三次,双方总经理约好——夜宿山顶,守护塔座连夜施工。

"好，睡在自己的车里。"深夜，山风四起，整座山都在摇晃。陈战杰下车一看，施工现场空无一人。

在风速达每秒28米的大山之巅，只有他，守护颤抖的寒夜。

5

他的头发，犹如风机的涡轮。暮色深处，鬓边银丝，是一个新能源人，满腔热忱化作的火焰。

"桃花来你就红来，杏花来你就白，

爬山越岭我找你来呀——啊格呀呀呔……"

唱着唱着，他泪流满面。大山从没有忧愁，只记得感动——

阴雨连绵，大型设备上山困难。他说："用马帮驮！"

检查完升压站各条线路，为守护山顶的设备，他独坐寒夜，思索如何攻克输电线路上的难题：线路要经过105个村子，个个是堡垒。两百兆瓦，一百个机位，绵延三百里。

"一定要准时并网！"誓言铿锵，群山回应。

6

风，吹拂一切生长的力量。

施工队，厂家人员，运维人员，从四面八方而来，将不同方向吹来的风团团围住。

白云深处，千沟万壑。山谷，响彻欢呼。

陈战杰及同伴，以信念里的阳光，扩展光明。将风量、风压，输入功率；记下风机的转速及能效的准确数据。

工期逼近。

塔筒升起，电力工人擎起光明，温暖如月华流泻。

将双手平铺为路，垒砌为电力建设与生产的主营基地。

7

几个电力勘探者，还在密林深处寻找风塔标记。

"不好，迷路了！"

微弱的光亮里，满是荆棘。慌乱中，惊出林间金钱豹。

这一年，经历的事情太多了。

洪水，阻工，跑设备，跑手续……从这山头到那山头，从一个村到另一个村，陈战杰与团队翻山越岭的脚印，可以摞到月亮上。

他走成了"青年岗位能手""市场开拓奋斗者""百名企业奋斗者"。他荣获了上海能源科技公司"总经理突出贡献奖"。

终于，并网发电的神圣时刻，即在眼前。

这天，"合闸"号令一出，面容憔悴、声音嘶哑的陈战杰，立即精神抖擞。他仿佛看到青山在白色风车里摇曳，漫天飘落五彩音符。

他一边在风中奔跑，一边对着大山喊：

"送电喽——"

整座山谷都回响着一个振奋人心的声音："合闸——送电！"

绵延三百公里的青山之上，所有风机全容量并网发电。

"咔嚓"，电力人的笑容，在摄影师手中，与历史同时定格。

寒风中，鞭炮齐鸣，掌声雷动。礼花开处，天地一片通明。

(《散文诗》2022年第7期上半月版)

氢 之 美

马 飚

始藏如花神境。

绿电浩气数理美,野生中药一般,思想燃亮。
氢事物为轴。神圣酷似无中生大有。

火炼后为水,新喜守天机。坚韧、有分量的绚烂,都纯净。浩瀚中,如大海是一块苏醒的——氢之舞心!
湛蓝是辽阔的实物,汽水取氢,若有比这更大的未来之举,请苍穹赐予我:不知的事物在为我运行。天蓝大紫荆,花飘卷铜音,内心与星空之古老贴近,天洁气净,万物安宁,土地沉寂。路与劳动者——互为春日。

产业链、生态圈、人文境。
歌舞一样的班组——钢铁、煤炭、玻璃、水泥,汽车、火箭。发现氢能,是人类想象力不熄灭。红土淬炼意志。

氢能如朗月,亲近如表姐花裙。所感、所愿,即所成。
高山势能,空气之氢。旱季海拔里有雷火,土地辽阔。敬仰绝壁这最近的天涯。

山望经年。城郊,峰崖狮面笑。火车驮钢卷,经巨阙之壁、隧道口琴。嫩草纹,江水漫,装上氢电池,就是飞在天上。这一切,多像这星球体内不竭的神圣与力气,为人世汇聚,春水与阳光,在风中等我。

高原之氢，云霞涌动，旱季在发电。

氢能，云朵饱含青草汁。干净的人。大地澄明——如古诗词被再次吟诵。青红金山是天涯的年轻。以人为神，万物吾心，空寂即氢舞，野花般思美，我炼铁、写诗，在古老中获得先知。

人们用碳，衡量自身与世界。不是绘画的铅笔，是重量。

三月桃树阴，落英怀甘棠糖心。少年，是自己的红摩托，紫外线，春草一样。此域啊，有我青春和房子。

氢一样的美，神在现身。这些大地的心，与上天最近，神圣，似指尖和红苹果气质。喜悦是台拖拉机。

工厂，把一丝天空引进炉腔。如早春蔬菜，给体内带进光。文明有更多日子，造房、种花、土豆埋头彩霞。天涯为田埂弥漫，旱季，打碎了玻璃的通透，与爱人以一片四季豆紫花为居。苍穹与田野连成一片，为圣地。古谱，剑麻烛花制喇叭，灿若美声。

引水上峰峦，无限太阳光。

院外，谷神担果蔬，美人松似歌谣成林阴。

氢，世界与我们之间，的确有一些神圣。

热爱是升温不高于 $1.5℃$。

（《散文诗》2022 年第 7 期上半月版）

新工业 4.0
甘灵辉

剪刀纸铅笔和橡皮擦进了陈列馆

设计师早已习惯

在编程的软件上点点键盘

便生成了理想的图案

时尚的面料平铺在数控机床

机械手臂伸缩推拉

旋转或拐弯

一个手袋安全座椅或婴儿床诞生

像一段音乐舞蹈剧

被搬上酷炫的舞台

在那些陈列馆的旧物件上

我企图触摸到妹妹的体温

在存档的干部名册或工资单上

我渴望找到她的名字

工业 1.0、2.0、3.0 时代早已终结

不久前,妹妹的骨灰被寄存于中梁山下的安乐堂

此时我在东莞

在她三十年前打过工的地方

凭吊

在新工业 4.0 时代
她的灵魂将被温柔以待
她和那些新时代的白领或新蓝领一样
吃洁白新鲜的全自动烤包子
接受董事长授予的奖章

走过清溪明门（中国）幼童用品有限公司
走出虎门太平手袋厂陈列馆
我们走向东莞滨海湾新区
那时雨已停海风很温柔
仿佛有一双熟悉的手
高高地撩起我的秀发

（选自作者自媒体）

工地颂歌

刘 羊

湘江西岸正在施工的泥泞地
向天空徐徐展开一张巨幅油画
那是油画家青睐的颜色

这支燃烧的画笔不吝笔墨
不断刷出钻机、挖掘机、大水坑
和工蚁般忙碌的人们

楼上的手机全景迅速捕捉了这一幕
这支头戴安全帽、浑身泥泞
却井然有序的蚂蚁军团
必是从一座座雪峰出发
跋山涉水来此集结的

多年前,他们中的一只偶然从泥泞地爬出
拐进这栋大楼。裤脚的泥巴印
至今没洗干净

他以一只蚂蚁的极大耐心
在每个楼层巡视一遍
工地上,有人拎起铁具
敲出"当当当当"经久不息的颂歌

(《诗刊》2022年4月号下半月刊)

辑五

一根穿过天空的角铁
蒲素平

一个人站在铁塔高处,试着发出自己的喊声。

几根角铁喊着口号,一步一步站在了风的上方。

横平竖直的几根角铁中,有一根角铁借助绞磨机和一只手立了起来,进入云霄。

多年前就有一个人,借助一个梯子,爬到了云彩上,去天空借了一把火。

从此,光明就穿透阳光退去后的黑暗,降临人间。

此刻,站在铁塔高处劳动的人,不声不响地忙碌着。这个不善言语,面孔黑亮的人,在冬天把寒风一次次挫败,连山顶上的巨石都低下了头,表达出深深的敬意。

更多的日子里,角铁排着队。

从铁塔工厂到工地,乘火车抵达山野。

从手臂到吊车,从遥远抵达遥远。

角铁的队伍威武得令人吃惊。

离开铁塔车间后,乘着时间的脚步追击星辰。它们有着与生俱来的锐利,有着身体内部坚硬的骨骼。

这多么符合劳动者的画像!

默默的劳动中,内在的光芒穿透了天空。

(《星星诗刊》2022 年 1 月号下旬刊)

我看见电流从阿尔塔什飞奔

赵香城

在阿尔塔什,我是一座电力铁塔

昆仑是我的基座,长河作我的琴弦

我肩起昆仑山燃烧的太阳

我肩起滔滔大河奔涌的激情

电流的高车,在我肩头烙下的辙印

很深很深

我的目光,穿透一切迷雾和阴霾

我目送电流的黑色骏马

那疾驰的身影

在辽阔的旷野和繁华的城镇

在木卡姆悠扬的旋律中

在广场麦西莱甫的舞步间

一隐一现

我是一座电力铁塔

我挺拔的身躯上,旋转着日轮和月轮

而穿越日月之轮的高压线

是一条宽阔的空中大道

电流的骑兵们

挟着昆仑风,沿着花香牵引的

方向,飞奔

即使在寒风中矗立

我的思想也在燃烧中闪光

我的信念也在燃烧中煅淬

电流的血液是红色的,浸润我高大的身躯

电流里怒放的花朵是红色的

溢香给葱茏的人间

在阿尔塔什,我是一座电力铁塔

沿着光的方向,我吮吸一粒粒稻谷

脱壳后的香味

我吮吸一架架车床上

车出的一个个零件浸出的香味

我手揽一片昆仑云

托起无穷的力,从阿尔塔什飞奔

(选自作者自媒体)

巡线归来
吴伟华

现在,他们走在回家路上
——他们喜欢称供电所为"家"
比起放肆地搂着他肩膀,喊他老师傅
他更愿意在暗中,以父亲的目光
打量这些孩子——
像绝缘子一样饱满、明亮的年轻人

一天的巡视工作已结束
现在,无人机安静下来。飞行器安静
螺旋桨安静。遥控器安静
而他的内心,如有另一座大型机场
一股豪情壮志反复起飞、悬停
带着他一次次回到年轻时

带着他一次次冲到杆顶,攀到塔尖
只是如今,登得更高,看得更远、更清晰
却不再有当初摇摇晃晃的怯懦

想到刚刚讨论的电池续航能力
缺陷记录。他摸了摸自己的脑袋
——我的续航能力为多少?
是不是也该充电了?
想到明天要带着他们进行故障消缺

他有意放慢了自己的脚步

仿佛只有这样,才能放慢变老的步伐
仿佛只有这样,走在前面的他们
才是他的师傅
——他可以追赶着,一直往前走

(《广西电业》2022 年第 1 期)

人间越来越远
榆　木

此时，移动式干变的"嗡嗡"声
是唯一回我话的声音，都三年多了
在二盘区变电所里，除了那几只老鼠
我唯一可以听到的，是来自黢黑的声音

哦！我也曾听到过其他的声音
那是我刚调到二盘区变电所岗位的时候
地面35KV的电正在西辅巷抹黑赶路
我靠着移动式干变坐在黑乎乎的巷道里
听到了自己的心跳声

那一刻，我离一盘区变电所
远了一千五百米，离井底远了
两千五百米，离人间远了三千零五十米
唉！光线越来越弱，人间越来越远

(《星星诗刊》2022年7月号上旬刊)

夏天在蒸腾
任文胜

四月是最残酷的月份
艾略特说错了
夏天的那几个月才是

毒日头照在电线杆子上
王二在电线杆子上抢修
给客户装表接电

早上十点过后　在空调房里
王二的父亲老王
试着把衰老的脸贴向
双层窗玻璃上
透过玻璃渗进屋来的热浪

整个夏天,老王都会看到
多么熟悉的
蒙着一团薄雾的远山

——那不是薄雾
那是蒸腾
阳光烤在山峦蒸腾的山气上
让它透过朦胧
散射着光

那是给高烧的山野

再盖一层厚厚的

透不过气来的光被

光蒙在这被子里

汗津津的

软软无力

田野在蒸腾

老王看着

明晃晃的村子和一湾

划在镇子边上

闪着光亮的河流

发呆

在四十多度的阳光下,有时候

老王缓慢地走到

田野上一根高压电线杆的旁边

手搭凉棚眯缝着眼睛

朝远处看

高压电线杆一直笔直地

像一列整齐的老兵

延伸到山里去

老王沿着一个队列的
高高大大的电线杆子
朝远处看
他的眼花了
但他要看到他的儿子

老王的三根手指
是弯曲的、僵硬的
他的手掌上
一只握不住的惊恐的灰蝴蝶
往手臂上蹿
仿佛还
颤动着焦煳的翅膀

那是被电弧灼伤的印痕
是死神在他手臂上
深长的滑动的吻
是老猎人
被独狼狠狠地咬了一口

他是一名老电工

他的一生
差不多就是在这样偶然的
惊心动魄
和必然的平淡无奇中
度过的
陪伴着他的
是这些沟沟坎坎
和沟沟坎坎上的风风雨雨

现在　老王的牙齿都掉光了
他一只手扶着电线杆
另一只手扶着拐杖
衰老让他忘记了许多陈年旧事
但是担心的神色还是
挂在脸上

老王担心王二这个
正在火炉的天气里
烤着的
棉质的工作服捂着的
七尺汉子

王二戴着蓝色的安全帽

像古代边关的将士戴上头盔

站在

亘古的战场

残酷的夏天

声嘶力竭的蝉鸣

止歇了

王二听得到

整个镇子的寂静

没有南阳风的镇子

只有向下的阳光

和无处不在的向上的蒸腾

多少个夏天

毒日头烤在王二的脸上

阳光一针一线

织进皮肤里

把皮肤绣成红铜的颜色

然后王二像是

泥土里挖出来的

带着新鲜泥巴气息的古铜

再然后

王二往精铁的路上

不可逆转地狂奔下去

变成丢在泥土里

看不到的土疙瘩

也变成

一个精铁一样的汉子

沟壑纵横的山野和山野下美丽的小镇

映上老王沟壑纵横的脸

他熟悉这里的每一条路每一盏灯

他的一生在他的眼睛里展开

从一座村庄到另一座村庄

从一个季节到另一个季节

从早晨的汗水到夜晚的汗水

它是始终丰沛的苦咸的液体

它是海

仿佛取之不尽用之不竭

它是悬着的海

顺着阳光的洪流

冲刷着岩石一样的脸

冲刷着脊梁的河道

它把河冲出一道河湾

它把脊梁冲刷成

一个肩负日月肩负光明的问号

这个问号拄着拐杖弯向这片土地

这个问号一生问的是

是否问心无愧

那曾经是丰沛的海

现在是枯竭的湖

把粗粝的盐粒结晶在双鬓

那苍老的脸

曾经多么年轻

就像被爬钩提着的王二

王二的小半生也爬在电线杆子上了

他一直在爬

在山窝窝里

在很少有人看见的地方

或者在他们这一群人的

山顶的最高处

王二爬在电线杆子上面

下面是一万台空调的镇子

上面是天空

王二要系牢安全带

在银线的乐谱上

默默地奏响

镇子和山野懂得了的音符

（选自作者自媒体）

采 矿

李 森

从蝮蛇的尾巴进入
去拔牙齿

噬光的黑鳄鱼
咬着矿灯

银色的米粒
采金采银采铜铁
采一匹山 又采一匹山

从蝮蛇的尾巴进入
去拔牙齿

(《作家》2022 年第 1 期)

铁矿石
薛小平

从矿山运来的，铁精矿
堆积在高炉的料仓里
仿佛，听不到球磨机的轰鸣声
脸上写满忐忑的神情

这些铅华洗尽的矿石
脊背上，抖出的黑色羽翼
登台的瞬间，也想与炉壁舞蹈

只是滚动的皮带，送走一些
再送走一些
来来回回的折返，内心
就会点燃一座座，小小的火山

仿佛掌子面的风镐，挖掘机
钻杆和深陷采场的矿工号子
借着风机，在召回

这熔炼前的回首
高于天空，低于尘埃
仿佛在灯火通明的夜
一次次凝望
炉火里，才有脱胎换骨的鸣声

（《诗刊》2022年10月号上半月刊）

玛湖清晨

兰 晶

玛湖的井架是绵延的群山
钢筋勾勒山脊，倏地拔地而起，与云空傲然对话
信号灯亮了，扯过一缕红霞束绕腰线

在岑寂的清晨擂起上产的战鼓
准噶尔盆地徐徐苏醒
艾力克湖徐徐苏醒
赶着银鳞起伏的鱼群游牧而来

沸腾的日冕集合如涛的汗珠
远处的雅丹，已驯化为一只只静匿的史前巨兽
磕头机染上红柳的肤色
每起伏一次，都赋予它战栗的鼓舞

钻机隆隆，势如春雷潮涌
从勘探腹地深处，聆听到油气开发的惊人线索
当嗅到春风里的第一缕油香
玛湖的浪朵，已连缀起中国工业的星河大海

(《星星诗刊》2022 年 7 月号上旬刊)

油区写意

兰 晶

旷远在戈壁头顶无限延伸

城市之眼俏皮远眺百里油区

骆驼刺、白梭梭眠于洪荒里寂寞良久

萌发了新生儿的好奇

红工装,是他们伸出小手触摸的梦境

石油人,携带鹅喉羚的异秉,不舍昼夜奔忙

白垩纪、侏罗纪、寒武纪的图腾,禁锢黑色精灵

孤独被深不可测的岩层吞没

克制亿万年,时光怎能不疼?

石油人,劈扬金色斩斧,

从地壳心房唤醒神魄

望闻问切,开具破解谜症的良方

铝盔里藏着种子,比瀚海沙砾还要多

钻塔、油井、抽油机发育为葱郁的花朵

一茬追过一茬,宛如地幔的根系啜饮春雨

蒸汽管线,银藤为喑哑的盆地澎湃出铿锵的心脏

滚烫的珍宝,褪去厚重的衣衫

升腾为轻盈的体态,是液体,也是气体

一滴石油里装着无数新鲜的油井

油龙的每粒鳞片聚集起亘古的能量

磨砂蓝的晴空下

黑色的奇迹锋芒毕现

钻塔巍峨

高耸为一盏叫作石油的明灯

春夜里，照亮了新时代宏大的石油谱系

（《地火》2022 年第 1 期）

郭旭光：追梦者

兰 晶

2019年1月8日
喜讯挽住光焰，题照这动人一天
玛湖油田项目荣获国家科技进步一等奖
郭旭光和队员抱作一株金色胡杨
此刻，词语垒进泪水，身体怒绽为一道旭光
劈开幽深地层的黑色花苞
封印亿万年的石油精灵，欢呼着冲出亘古荒漠
他不是平庸的地火，而是国防航天的专属血液
张开翅羽的长征火箭，有音符脱离琴谱的激悦
动车跨上汗血宝马，疾驰于祖国的地图

三十年，几代克拉玛依勘探人三上玛湖
钢铁足印烙在地壳的肌理上，青丝墨色被石油吮白
"拓展思路，找下去！不出油，就不能死心！"
退休老专家刀剑入鞘
打破勘探"禁区魔咒"的接力棒交给郭旭光这代逐梦者
一条条分析地质线索，一口口老井摸排
一次次储量会战，一场场头脑风暴
连出差的飞机也是构建方案的临时办公室
睡眠塞满戈壁石块，亲情的花园覆盖海水
小儿子的第一声啼哭惊落了图纸坐标的繁星
许久未见的老父亲每一纹沟壑都在宽慰
"孩子，单位是不是突然搬家了？远就不要来看我了"

在白垩纪的谜题深度狩猎

郭旭光集结金胡杨勘探先锋队,拉满弓弦

心中盛着祖国的人,方能耕耘寂寞的旷野

放弃北京的优渥生活,做石油火种的传递者

这样的勘探者

灵魂在征服勘探禁区的鏖战里得以澄净升华

这样的勘探者

在曲线间标记冥思,倾听到石油花朵辽远的呼吸

数亿年的盐粒、高压和地热,玛湖的绿藻淬炼为黑色宝藏

从 4 亿吨到 27 亿吨

一个石破天惊的创意助 3500 米以下的地幔孕体分娩

第四次亮剑,一个绝无仅有的创造性科研模式

玛 18 井的高产工业油流

通关密匙加速了他们的抵达

六大油藏群,形成南北两个大油区

创新使玛湖巨人涅槃而生,黑色能量使丰沛的躯体贲张

"凹陷区砾岩油藏勘探理论技术"彻底打破桎梏

一个 10 亿吨级的勘探巨擘令世界的歌声落入铝盔

当玛湖钻机为能源安全擎举青色盾甲

10 亿吨级吉木萨尔油田抖落苍远的化石

他带领团队创造形成页岩油勘探开发的"宝典"

连克两个十亿吨

全国劳动模范、中国青年五四奖章使他如初升的星光

报国初心与勘探前哨共振为油海汩汩涛声

"最大的机遇,就是发现高效油气藏"

郭旭光,纵身跃入新时代的呼唤声

66年来,克拉玛依如同祝福的谶语

预言了新中国的强大、复兴和光明的征途

郭旭光,用科研创新燃起勘探世界的灯塔

怀抱花朵的油气勘探新纪元

在"中国智慧""中国方案"的双重奏里骨骼丰盈

(中国诗歌网"新韵律"诗歌第四辑)

第九个黑洞,是黎明
申广志

睡得太沉了,以至于钻机戳到第九下
你才醒来。之后,便喧嚣不止
这涌动的语言,只有远去的海能够听懂
只有穿红衣、戴塑盔的人能够破译
一切都如此陌生,就像你不理解
大漠上的一粒黄沙、一棵矮草一样
当然,就更不明白
一群直立行走的生灵
为什么,要把你喷涌的夜色涂在脸上
一会儿振臂,一会儿抽肩
蛰伏于那个遥迢的冷血年代
你无法认知眼泪和汗水,但如今
它们已成为地球上最重的物质
哪怕甩下半滴,就足以把你托举起来
更何况,找油人的艰辛与悲苦
早已漫出准噶尔生锈的古盆
八口黑窟窿,像四双不瞑的眼睛
昼夜守候着越发隆起的第九泉黎明
在上亿种古生物魂魄的倾诉中
古尔班通古特,黑缎子的阳光扑簌而下
从那天起,陆梁,这个早已取好的名字
倏然,有了形体和声音

(《诗刊》2022 年 3 月号下半月刊)

百里油田
郭志凌

所有经过这里的游客,只有一种表情
兴奋中的惊讶,似乎有些夸张的味道
——他们无法想象,65 个春秋的嬗变
送走了多少人,又接纳了多少人
就连亿万年的戈壁,
都褪去了应有的本色……

把钢铁的冷和戈壁的热,混搭起来
让抽油机罩上黄色的斗篷
让这些不懂得弯曲的钢铁,
低下高傲的头颅
既做司仪,也做迎宾。与勤劳的农夫相比
它们的韧劲,非常可拍

一旦荒芜的戈壁被钢铁侵入
身体上的旧痂,就会被新的创口取代
——它们组成了庞大的军团
以钻机、采油树、输油管和抽油机分别命名
在赭黄的戈壁,揳入的力度狠过钉子
就像给一个四处流浪的乞丐,强行套上
缀满金属的铠甲

——你见过重伤后,

浑身打满石膏，缠满绷带
骨头植入钢钉的人吧？
65年来，我们早就给这片贫瘠的土地
做了成千上亿次大手术，目前所能看到的
只是一部分，已经不是它的原貌
裸露在外，埋入躯体的输油线，就是我们
精心打造，永远不会堵塞的城市的脉络
它们为我们的生活，无私地输送着营养
你看今天的太阳，就是因为它们
才显得异常红润

(《石油文学》2022年第3期)

采油的人

张晓润

1

首先是旧,其次是破,它辗转而来,像是一场革命。它从红布兜来,它从白糯米来,它一出世,就被叫作新。

多么好,像春天里的第一声鸟鸣;多么好,像危崖上的最后一节木枝。

新燕啄泥,新柳拂堤,草蔓新笋,空山新雨,哪一种新,不都是疏影横斜水!哪一种新,不都是暗香动黄昏!

新是抬头远望的鹿角,新是小荷低处的执拗。

新,是多个船夫拧就的纤绳,它携程而来,集成喜悦的号子。

新。能。源。当每一种圆润字落根生;

新能源,当每一种粘连势如排浪;

我看到,一个名词抗风而来,旋起头脑激烈的风暴。

煤与石油,第一条道路就此打开。

地火与天光,这地理之上光辉的神曲。

黑色的玫瑰,黑色的花朵,同肤色的兄弟,撞开坚定、厚实的工业的果实。

2

天然气及水,另一条路走在另一条路上。

夜莺与蔷薇,这生活之下快乐的王子。

它们是几个名字的合唱,它们是多种动物的啃食。

阳光流泻的裸地,尽是草色缠绕的甩鞭。

左边是海水，右边是火焰。拿在手上的生活，教会了持有微火的人，内心温暖而挺括。

那些盛放燃气与水的管线，是流经生命的血液，即使一口井老了，黄昏的蒲扇将仍在。

油田，是能源行将四野的疆域和版图。

油田，是一个粗糙、狞厉的伙计，有怒气冲冲的样子和信马由缰的脾气。

采油的人，需要兰花的光芒和慧质的思想，才能就此降下风暴中的甘霖。

3

油田苍茫，采油的人，日行荒原，是最初的构建，也是最后的抵达。

一根笨拙的钢钎，终要切下梦想中的方苹果。

采油的人，从眼波里下吊桶，他们要打探出身体里的那口井。

采油的人，无限靠近一只铁虫子，它褐红的身体，长满向着深邃靠近的牙齿。

唯有靠近，才能将明亮和柔软拱出；唯有靠近，身体里的血液才会有江河之境。

收集能源的人，他们年轻的膝盖，只愿为荒原下跪。

这荒原，能源的种子是上帝的秘符啊。每一次躬身，每一次的填挖与淘洗，都会有微芒，擦亮劳作的荣光。

收集能源的人，他们爱着那个戴着盔甲的虫子，正是它用坚硬的外表，邀约着水的柔软油的光华。

收集能源的人，他们是穿橙色服装的大山里的模特，站着，伸长的胳膊就可能成为玉米的叶子；躺下，壮实的腿脚就可能成为石头的影子。

在油区这个舞台，收集能源的人，独舞是一场没有观众的浩大走秀，只有山鸡和野雀，才能给出静默的裁定。

4

高原的油井是一只巨大的杯子吗？是什么让穿橙色服装的人、让来自闹市的人，把自己弯曲的像蛇一样的青春年华，在剧烈晃动的杯子里，扑腾和钩沉？

一部大山里的青春史及洪荒史，都与一群人、一个人有关。

这一群或一个，是父母的、儿女的，也是高原的。

一个井架和一个山峁，就可以来一次长跑，一个人和一口井，就可以谈一场恋爱。

采油的人，他身上长出的刺槐，是一整个村庄寂寞的武器呵；采油的人，每一种夜色，月半弯都会是他高高举起的孤独的镰刀。

他们要用这把镰刀，驱赶蛊惑的原罪；他们要用这把镰刀，割下远方的长情。

他们还要在这无眠的长夜，像将军般佩带上这把镰刀，哪怕一个人的夜晚，也要亮晶晶雄赳赳地活着。

5

开采和收集能源的人，不想占山为王，也不想成为寂寞的领袖。

但油海苍茫,隐与显都不再是一个人的事情。

他们在机器的轰鸣里,加固自己的思想和手脚。他们需要一种秩序,注入行动和言语。

他们要求一口油井,抽出一个急需等待过滤的世界。

要求腥味的液态里,能取出一个罐装的欢快。

一场年华又一场年华被勾兑了,他们只想明着打一个盹儿。

一颗星子又一颗星子被删除了,他们却一次又一次拧灭手中的烟头。

6

太阳,在大地的每一个点,投射出它不容隐匿的光亮。

它自带光芒,将太阳能的焰火和日浴送达和呈上。每一种载体之上,怀抱温度,都将是不朽的信仰。

它产下潮汐之能、波浪之能、海流之能。

它诞下地热之能、生物之能、万象之能,像一位深奥而伟大的母亲,致孩子以纯粹、纯洁的母性。

它的课堂在宇宙,这无涯的修养和修炼,贯穿了整个时间的隧道。

没有任何一个器物,能置下闪光的能源之花:碧云、黄叶、斜阳、翠烟、芳草、江流。

7

能源之果的深情,是喜悦的眼泪,更是风尘羁旅一路的坎坷和追忆。

明亮之物，光伏是这个世界最好的银饰。

在房前，在屋后，依山傍水，白鹭翔飞。多少光伏板材排列似海，它上映远天，下照近水。

又有多少板材错落有致，或高在穹庐，或低居草甸，构成诗意秀美的生态画卷。

这些展开的蓝色的经卷，誊写着黑暗无处躲藏的迷拳和迷踪，光明的线板上，黑洞是永世的失败之笔、失败之所。

众多的眼睛被光伏之象打开，电流如血液般，回环于车流和人流。

穿梭如风的，一定被叫作使者或使节，像尾翎执意展开的孔雀，生出无限的用途和美意。

更多的时候，它做了巨大的海鸟，盛大的样子，为高远而蓄意起跳。

8

行走的光伏，逐渐放大自己的影子，以便黑暗来临能够自由普照。

一个人，可以把部分有形的事物抓在手上，却从来没有机缘顺着线索抓到光的衣襟。

光伏于人，实在是一个超凡的魔术。

它是高级的间谍和神探，也是严肃的宗教和信徒。它一边身轻如燕，一边又体笨如牛。

作为携带之物，它不同于刀具和猎枪，不具有风险，更不必言说轻重。

一生，如行李，不可随意丢弃和闲置。

它执着于一种追随，不背向而行，不唇齿相争，危难之时，虽无以出手相助，但却能勇敢以灵魂交付。

光伏之于人，互为王室，却无王室之争，反为奴役，却能至上至尊。

9

一个人无畏于盛夏的烈火，一个人打伞，只愿为飘忽的光影寻求弱小的清凉。

于此，高温和火焰，均可倒在水银的心尖和塔梯下的清泉。

无事，喜欢与光伏用气息对话，无酒无茶，却也能相互照料和呈送。

偶遇星盏几点，还可彼此照耀，借光抒情。

在哑巴光伏面前，一个人，要勇于献上有声的觉悟和慈怀。

青春只是明目做伴，而光伏总随龋齿远游。

把太阳努力背在身后，将光伏热忱抱在怀中。

佛心在了，就没有什么能拿走心壁上外表锈迹斑斑，但内里流萤的马灯。

10

那年，寒流刚刚退去，我路过的春天，并不与我熟悉。

我回头，看见牛仔蓝里的棉线，有我喜欢的热能和热力。

当布匹先人老去，所有的纹路，都被时间掩埋。

骨骼还在，肉身还在，只是坚硬的箭镞，如猎器，损坏了豹子身上分明的花朵。

布匹里的栅栏，我曾抚马的缰绳，踏草的脚镫，跪倒在时间的咳声里。

我醒来，一种能源打翻腕上的碎石，一如那些空腹的马齿。

我曾深情埋头的布匹啊，破碎难抵梦里的热能。

原来，所有的匍匐，都不过是秋霜致下的一首离歌。

我迷恋的种子，撒向来日的春风，那牛仔蓝里棉质的河流啊，可是令我忧郁的绳索？

不是所有的疼痛，都有落地的声响。

你看，寂静的热能之花，它跑进时光的里弄，高高举起来日的粉线和剪刀。

（《油脉》2022 年第 1 期）

沙漠钻塔
第广龙

死亡之海,风吹沙动
一个钻塔在沙丘间起伏
如同海浪里的桅杆
在孤独远航

刚刚离开的沙尘暴又回来了
钻塔摇晃着
在快要倒下去的时候
又一次直起了腰身

沙海之下,油海汹涌
钻杆在不停搅动,搅动起
沉睡了亿万年的浪花
和海化石粗嗓门的嘶鸣

那一天,我来到井场
沙子摩擦我的脚板,灌进我的口袋
沙尘滚滚,沙子一会儿是阻力
一会儿是推力,被沙子打磨,
钻塔身子明亮,能辨认出身边走动的身影
是熟悉还是陌生

已经钻探到四千米深了

钻塔高挺的身躯

看上去既像远航归来

又像正起锚出发

(《诗刊》2022年5月号上半月刊)

跋涉的胡杨

第广龙

塔克拉玛干，万古的流动沙漠。沙漠里，沙子是主宰，是王者。

沙漠拒绝生命的存在，但沙漠并不绝情。

是的，唯有水，才能打破生命禁区的诅咒。

塔克拉玛干沙漠的北缘，一条季节河，滋养树木，滋养沙漠人家的炊烟。有的树木生长得粗壮，高大。

是塔里木河。

是胡杨。

人来了。

勘探石油的人，就是跋涉的胡杨，向着沙漠的纵深，向着死亡之海走了进去，把大地的胸腔叩响。

许多年后，找到了大油田大气田的石油人，在胡杨林里，捡拾胡杨脱落的树皮，一块一块，拼接到一根原木上，复原出一棵胡杨，竖立在油田纪念馆内。

胡杨的魂魄，早已化入了石油人的骨血。

(《星星诗刊》2022年7月号下旬刊)

油井的正午
郝随穗

1

我想用一个大词描述你
这样,辽阔的井场里
就能把全部的正午接纳
阳光是正午的姓氏
一笔一画里溢满石油的味道

这个词已经被使用
是辽阔

如果动力强劲
再大的辽阔都是石油的地盘
来自永宁采油队双896采油站998井的动力
如同这个正午
弥散着力量
漫过千山万水

2

每一口油井都有自己的正午时光
时光中的看井人
执念于一滴石油的沉浮
以时间的跨度

获取正午的纯度和石油的纯度

3

我旁听着五月诗会的石油之声
一群看井人在油井的草坪上诵读正午
我屏蔽了城市的嘈杂声
用耳朵的方向寻找看井人的五月
诗歌是石油的属性
每一句诵读
都是滚烫的
如同这个正午

我站在十字路口等红灯绕过正午
远处的马路是一条奔涌的河
我懂得时间在此刻的存在意义

是石油穿梭的大街小巷
带我走过喧嚣
回到内心的荒凉
或者回到油井的炽热

(《油脉》2022 年第 2 期)

走进玉门油田

刘志宏

甘肃玉门，这里是诞生新中国第一口油井的地方，这里是诞生新中国第一个油田的地方，这里是诞生新中国第一个石化基地的地方，这里是孕育大庆、胜利、克拉玛依、长庆油田的地方，这里是养育和繁衍中国现代工业的地方，这里曾经承载着整个民族的光荣与梦想。

——题记

玉门油田

远古的剑客，举起祁连山森林般的手臂。那沧海桑田锻打出的剪影，端坐于永恒的岩层之中；一种带着火焰色泽的血，让奔跑的骨头，沿着古生代和中生代琥珀爬出的印痕，在玉门油田和世纪之光撞了个满怀。

河西走廊宽阔的胸怀中，石油河畔地质锤敲出一片黑色的液体。那一刻，炊烟旋舞在荒野坦荡的腹部，复活了季节的记忆。而王进喜远望的目光，流淌火一般的热情，让灵性的风景、美妙的传奇，以及输油管道，在滚烫的大戈壁烙上殷红的史诗……

戈壁篝火，拥抱着石油沟、白杨河、鸭儿峡油田，走向遥远；

金色胡杨，崛起玉门石油人无畏的信念；

祁连雪峰，劲舞的姿势在波与峰之间结晶成最昂扬的自信；

戈壁绿洲，一条黑色的石油河，闪烁着不朽的光泽，见证中华民族的伟大复兴。

勘探、钻井、采油、炼油、科研……一幅静默的风景，伴着抽油机抑或高亢、抑或低沉的节奏，在雄鸡的版图上，铁人双手撑圆攀登的力度，叩响大西部从岩缝缕缕析出的黑色之花。

聆听热血与石油潺潺地涌动，玉门油田，岁月的傲骨串起无数个第一，夯在共和国的精神深处，让辽阔的日子——开屏……

石油之父孙建初

1937年。寒冬。

骆驼前面奔跑着你雄性的名字，嘚嘚蹄风扬起的沙砾，击打着渐渐伸长的戈壁。

孙建初，一路向玉门跋涉的学者，疲惫于自己的深刻，让深入岩石的品质点燃太阳的光泽。一顶孤寂的帐篷里，火样的热情与目光碰撞，开启中国第一号石油井的不朽之旅。

终于，地球腹部那只始祖鸟啄破岩层的果壳，奔涌着深褐色的诗情画意。

老君庙、石油河、干油泉、石油沟、夹皮沟……黑色的眼睛闪动着岁月的亮度，在你眼镜后面折射着喜悦，照亮荒漠年轮上每一处大繁荣和大衰败，让祁连雪峰空旷的灵感深入生命的根部，进入灵魂。

你身体里浓浓的血，滋润着老一井，让冻僵的荒原开始抖动，让绝美的风景开始潮红，让夕阳满天的血花开始浪漫之旅，让中国第一朵井喷的壮美，在鹰翔过的蓝天下站成辽阔而又厚实的背景。

中国石油之父，踏着破碎的时间，在石油的爱意里尽情蠕动。

于是，所有生命的追逐从巨厚的有机淤泥里探出头来，带着一双翅膀，推动尘世的钟摆和气息；所有油苗蠕动成世界东方的灯火，在中国耸起一座里程碑，涌动的呼吸漫无边际地闪烁，在冥冥之中期待一种穿越地球的快感……

铁人王进喜

粗糙的刹把上，你的指痕刻印中国人的志气；

寒冷的泥浆中，你的身影甩掉贫油论的阴霾！

捧着故乡的泥土，伴着抽油机铿锵的抑扬顿挫，信念便注入了豪气、注入了希望、注入了玉门。老君庙哑然的禅意里，袅袅香火见证崛起，见证新中国第一口油井喷薄而出的奇迹。

祁连山的月光，仿佛一张严厉冷峻的稿纸，容不得一点点脆弱的文字。一个刚劲有力的手势，一声惊天动地的呐喊，响亮了老一井铁人的精神。

啃窝头，旋进的钻头奔放着火热，摩擦着戈壁冰封的虚无，那种用身体制伏井喷的快感，让困难战栗，让意志兴奋。住地窨，黑色的弓箭在黑色的岩石下潜伏，所有的誓言义无反顾地抬起远望的眸子，缩短痴迷油海的距离。

人拉肩扛，在共和国最需要奉献的季节耸起一道长城，那双勇毅的眼神，书写着坚韧，铭刻着党性。

月创5009.3米进尺的高度，让贝乌5队不朽成传奇，毅然拨亮了五星红旗飘出的蓝天，用生命镌刻"宁可少活20年，拼命也要拿下大油田"的千古碑文。

那是一种生命征服另一种生命。

矗立每一个寂寞荒凉的日子，耸起共和国的海拔。没有华丽的辞藻，手握刹把的昂立，已把党旗上的猎猎雄风，凝铸成时代的标本，让千万双眼睛在"最美奋斗者"面前，肃然起敬……

石油诗人李季

孕育出玉门油田一树的桃红，英姿勃勃的风采写意钻塔撑起的天空。荒漠线装的视野里，你踏着春的步伐，伴着抽油机的节奏，让石油喷出的长短句铿锵火红的季节。

黑色的金子，是一个终结，亦是一个驿站。

爱恋的诗句，是一片热爱，亦是一片颂词。

《生活之歌》《玉门诗抄》《石油诗》《致以石油工人的敬礼》……冷却了一冬的激情，汉字的游龙啄破石油河的恬静，思想的纵队举着劳动的旗帜，让暖暖的气息催生新中国的精神和力量。

从字里行间取出地球的岩芯，让钻头旋动的标点呈现油脉的闪光；让春风化雨启动诗歌的征程，让黏稠的石油沉积点燃阳光的触角。

一个鹤立于荒漠戈壁的汉子，一个漫游于石油河的勇者，一个挺剑拓疆甘愿奉献的士兵，把爱的火炬插入深深的岩层，毅然在玉门油田黑色的躯体上，寻找到自己的指纹。

文字出战，旷野苍茫。

祁连山原始的植被颤动着创作的灵动，视野中燃烧的一支笔，点亮万家灯火，点亮新中国内心辽阔的光芒。

"苏联有巴库，中国有玉门；凡有石油处，就有玉门人。"三月的风，欣然输入黑色的血液，指点春天的井喷，让石油诗的灿烂，把玉门装订成一本史书……

玉门老一井

1939 年 3 月 27 日，玉门，老君庙一号井。

撕开了大把大把的光线，点燃油花馥郁的心扉，把大戈壁勾勒成跨世纪的寓言。

是燃烧之血，还是图腾之魂？

颂词和箴言，已随老君庙的香火渐渐远去，一种闪光的不朽，举起超负荷的重重一击。铿锵的节奏，伴着暮雨晨阳，敲击一生倔强的信念。雄鸡的版图上，沉默千年的岩石也为之动容。

那一刻，炊烟旋舞在荒野坦荡的腹部，让戈壁滩吼叫的漠风，落差于寒冬冷冻的油汁，复活历史的记忆，把落满井台的身影钙化为石，在沉甸甸的头盔上点亮中国第一盏油灯。

那一刻，抑或高亢，抑或低沉，抑扬顿挫，那颗古老的心跳动着诗歌的飘逸和漠风的凝重，注入脉管中的黑色力量，在抗日烽火的硝烟里，屹立成并肩作战的姿势，见证中华民族的伟大复兴。

那一刻，抽油机的绳子勒进肉里，一个又一个石油汉子，一步一弯腰，拽紧一缕霞光流淌在玉门，一任想象的火焰，在灵魂深处凝成进击时的激动，让紧握刹把的双手叩问历史的回音。

独对荒原戈壁，玉门老一井潜伏于祖国的血脉深处，把油花盛开的季节，浪漫成忠诚的良知，奉献出今生今世至死不渝的恋情……

石油钻塔

钢筋铁骨，撑起了荒原的气势；

赤胆忠心，锻打着天地的倔强。

矗立在地球之巅，在风雨中放歌，在冰雪中大笑，在雷电中呐喊，在闪光中燃烧。一座座钻塔，撑起荒原戈壁的粗犷。那枚汗珠的太阳，在灵魂深处凝成一种悸动；沿着炊烟飘出的弧线，将笔直的信念伸向苍穹。

戈壁荒漠、西部边陲、黄土高原、黑土平原……

玉门油田、大庆油田、克拉玛依油田、长庆油田……

一节节钻杆结成兄弟连的默契，让钻头探寻地心的目光熠熠生辉；泥浆泵的星火曾是汗珠与血泪，搅动思想之光，舞起油龙的豪迈；一把管钳劲抱飞旋的转盘，那种气吞万里的雄风，在泥浆的微笑里坐实灵魂安放的去处。

是雄性的灌浆，是力度的诠释，是荒原的呐喊。凝聚起石油人暴凸的肌肉群，将热血和希望交融在痛苦与欢乐里，听从地层深处油脉的呼唤，深入骨髓成为纯净的爱恋。

山高，高不过信念的坐标；

路长，长不过追求的视线。

在汗花盛开的油路上，演绎拓荒岁月的神奇和乡情，殷红的望眼，漾着福祉里的温暖，在繁华期盼的远方，承载了全部的荒凉和孤单。

无论走到哪里，挺拔的力度都是石油汉子梦想的家园，那用生命捍卫的亮度和高度,既是昨天的思索,更是今天的宣言!

地窝子

地窝子,这个词语如果被一段岁月轻轻说出,玉门就是石油人微笑里流淌的时间、梦想和爱情,在诗与远方的交汇中,一任黑色的光芒伴着劳动号子,将历史慷慨打开。

在一座地窝子面前,我举手向遥远的青春致意,向那些把热情、颜色、声音交给石油的前辈们致意。

回眸抑或仰望,中国石油工业摇篮的月色,慢慢升起一种浪漫的悲壮,一种辽阔的蔚蓝。

矮小的身躯,滋滋暴涨英雄主义的情愫。

那些快乐的、那些疼痛的、那些放歌石油的汗水,匍匐在大漠戈壁,成为历史的绝响。深入地下的半截墙壁,用宽阔的肩膀挽起黎明,紧紧扼住漠风暴戾的命运之喉,让目光、热血与奉献,成为石油的一部分。

抗风沙,拒严寒,昏暗的视线星月闪闪,没有窗口的压抑如骆驼草藏着春天,守望冬暖夏凉轮回的经典;战井喷,斗困难,坚如磐石的秉性,让生命中热爱祖国的基因,拥抱滚烫的黑色岩浆,成为雕像。

一座爱情屋,一如既往地坚守豁然洞穿爱的心脏,傍着祁连山昂首的浪漫,咀嚼华丽蜕变的阳光。母性的哲学,让时间穿过肉体,翅膀扇动蛮荒,从老一井简陋的朴素出发,喂养渤海之滨、松辽平原、准噶尔盆地、陇东黄土的筋骨和肝胆。

敬礼，地窝子。

一种坚毅的气息掠空而来，双眸中燃烧的那团火，升华了玉门石油人的情怀，从一个高度抵达另一个高度。

玉门的血脉

玉门，注入祖国脉管中的力量，让生命中博大的群山、成群的钻塔、如潮的黑石油，壮美成大江南北梦一般的画卷。

"三大四出"，十几万骨干力量高举一面石油的旗帜，从玉门开枝散叶，足以撑起一个民族的历史。

一曲"我们从玉门走来"，浩然千古，耸立在长城之巅，是一个终结，亦是一个驿站。

玉门，中国石油工业的褓褓，所有生命的孕育和追逐，都在石油里得到和解。于是，大庆油田、克拉玛依油田、吐哈油田、胜利油田、冷湖油田、长庆油田的血脉里，老五种"玉门精神"依然熠熠生辉。

破开的心茧，栖息在时间的深渊；

膨胀的热血，奔放在井喷的黎明。

烈火中盛开着奉献黑亮的果实，看不见的花香在精神的高度，沿着一滴油、一度电、一寸管线、一团棉纱的微观缩影，成就了玉门精神的感德之魂。

打开每一扇窗，便有了岁月的沧桑。满腹深情的石油河流淌玉门的母乳，永远透明着情不自禁的爱之风帆；经年的往事被点燃，一次次断臂支援的情操抚摸过季节的额头，那漠风中头戴铝盔的形象，就是一曲壮歌雄浑的源头。

爱得疼痛，爱得无私，一种沉稳的风度让谦逊闪光；

活得潇洒，活得深情，一篇阳光的宣言让世界辽阔……

(《散文诗》2022年第7期上半月版)

像钢铁齿轮一样契合
魏 威

将一身油渍与汗臭浸透的工衣穿成一道风景

将一双油腻粗糙的大头皮鞋打磨成时尚

在后工业时代的车间与流水线上

请将我们打磨成一颗颗钉子

打磨成坚硬与倔强的螺丝杆

将我们与钢铁咬合成一体

你中有我,我中有你

像齿轮一样不可或缺

从钢铁的属性切入

从秋天的视角切入

从自我审视与灵魂审问切入

从烈日暴晒的脊背与坚果一般发烫的脾性切入

从轴承咬合到骨节的阵痛切入

从胸口啪啪作响的回音到细雨中尖锐的呼喊切入

站在中国石油工业广袤的荒原之上

站在后工业时代的钢铁骨架深处

湍急奔涌的血性与大头皮鞋站成前沿方阵

国旗红红遍山岗

秋风飒爽,钻机呼啸

辽阔的找油部落和辽阔的我们

跋山涉水,互为依存

你中有我,我中有你

像齿轮一样紧密契合

唇齿相依,死生契阔

(《石油文学》2022年第3期)

克拉 2 葳蕤如野

石春燕

1

苍凉的天山

裸露着红色的骨骼和肌肉

漠风,技痒难耐

路过一回,打磨一回

看,红色的布达拉宫

不知道是谁

像漠风一样有想象力

想在秋里塔格的刀片山上放炮

一片白云都能下一场暴雨

令奔跑的黄羊都胆怯的山崖

找油的红衣人,背着大线爬上了山

一炮打开了地宫的大门

地火映红了南天山

2

纤手上小小的,耀眼的

或者上锁的玻璃柜里

价值不菲的,以克拉论的

那不是克拉 2

克拉2,是找油人在天山

红色宝库里挖掘的一口气井

也是一个巨大的天然气田

克拉2,克拉201,克拉203和克拉204

是血脉相连的父子兄弟

像人丁兴旺的家族,开枝散叶

克拉2-7,克拉2-4,克拉2-2

还有克拉2-1和克拉2-6

是克拉2五朵齐整的百亿金花

一朵金花绽放一天

一个城市的天空就会蓝上一天

金花姊妹追着比着流光溢彩

底气十足的克拉2,气壮山河

3

克拉2深不见底的大肚子

肺活量大得惊人

一年吐一口长气

绵延几千里

牵动着北京上海

和沿海那些繁华城市的

万家灯火,车水马龙

雪落进了秋里塔格
克拉 2 像一颗地下的太阳
温暖或照亮
找油人魂牵梦萦的家乡和远方

4

二十多年了
火红的青春落了一层雪
克拉 2 葳蕤如野

(《中国石油报》2022 年 8 月 26 日)

荒原风暴
依　尘

从远古大荒山射出的箭镞

蕴满神谕

它途经荒原、太阳与风沙的玄黄

寻找的眼睛透视三千里

铁钉、黑森林、集装箱部落

烙着一群人的影子

这群人不分昏晓也能准确地面向东方

水鸟和野鸭子起起落落

苇芽子抽动了一下

轰隆隆叩响了

半个世纪的寻油之梦

机械动力系统开始喧嚣

第一台钻机甩出了鱼儿的狂欢

有铁的地方就有铁人

有井的地方就有宝藏

寂寞沙洲开出热力之花

仪表盘上的数字

指向心窝，还有爱情

这一场风暴席卷，从玉门到高台子

直到松辽大地

手上的捷报都是有关石油的命运

(《诗林》2022 年第 3 期)

哈浅 22 号石油井

马 行

想调离的,就让他调离吧
应该留下的,自会把哈浅 22 号石油井当作永远的家

这么多年,井中褐黑的石油流淌
井口四周,东西南北
全是彩色的石头
金丝玉、玛瑙、彩泥石
就像诸多生命场中的我们
都是内含孤寂与梦想的彩色小石头
有名无名的孤单小石头
你看哈浅 22 号石油井的那位女工
她真是幸福
她无论坐着站着,还是一个人独自走着
所有的彩石
都在为她闪闪发光

(《地火》2022 年第 2 期)

石油物语

蒙建华

石油,一开始

只是一种有诱惑色彩的低语

像时光的抚摸

紧贴泥沼、沙砾和一个粗糙的时代

接下来,它在奔跑

一下子就擦燃了大气中的火光

然后,一种精神根深蒂固地有了保存

并形成了细致绵长的血液

一些形象,以行业的标志传授一种愿望

蔓延在采油树和钻塔之上

在灵魂和双手之上

我的青春与爱情,热血与诗篇

在岩石的断层深处

前仆后继地终结和开始

玫瑰 沧桑 波涛 鼓声

在渤海湾的潮头

它们强化了我的身心,并将我一分再分

(《地火》2022 年第 2 期)

怎能忘记你啊,星火人
马丽贤

曾经的绿皮火车　西行 2158 公里

轰隆隆　支援三线建设的车轮驶向大西北

这车轮啊　载着沈阳工业的使命和担当

还有东北人奋斗精神的钢铁脊梁

携妻带子远离故土　朝着遥远的异乡

义无反顾　奔向没有选择的荒凉

只因祖国的召唤　在豪迈的胸中激荡

天水　与祁连山脉相连　同大漠孤烟接壤

天水　成为来自沈阳大批援建创业者的第二家乡

曾经的天水　犹如一张等待描绘的白纸

创业的艰辛超出想象　满目苍茫

无草无树无花无路缺水缺电的山沟沟

一座雏形初现的红砖房　象征没有围墙的工厂

荒山沟里　同伴们用双手建起第一座厂房

从此　诞生了一个载入史册的名字——星火机床厂

从此你们也有了一个自豪的名字——星火人

干打垒房子里　星火人与岁月相伴埋头创业

多少回蓦然感叹　多少次笑对苍天

莫道韶华易逝　敢问今夕何年

你们代表着沈阳工业　代表着共和国长子的形象

将星火人的信念　牢牢夯进坚实的异乡土壤

你们，来自祖国工业的摇篮

在机床的轰鸣中　展开大工业飞翔的翅膀

如今　成为建设大西北的中坚力量

为三线建设奉献青春是最质朴的追求

为建设祖国　好人好马好设备　全部献上

这就是共和国长子发出的豪言壮语

这就是你们向人民做出的庄严承诺

值得赞美　昨天的沈阳人

永不言败　从不抱怨

值得敬佩　今天的星火人

本色不改　创新为先

日复一日　脚踏实地　创造辉煌

年复一年　坚守理念　行者无疆

历史的丰碑　镌刻着这平凡而伟大的事业

天水不会忘记　来自沈阳工业支援的力量

沈阳不会忘记　在天水建设一个美丽的第二故乡

祖国不会忘记　共和国长子为大西北描绘出的宏伟篇章

(《诗潮》2022年第4期)

十座打桩机发出同一种声音

陆兴志

十座打桩机发出不同声音,但都是打桩

这叫和而不同

十座打桩机举起十座手臂,形成十个重拳

各自击打河床的底部

十座打桩机的色彩姿态掺进山楂果银杏果

搅乱河底沙石

声音动作让海鸥转轨野鸭落水

捡松枝的老人兴奋不已

老人预知来年不用走很远的路

十座打桩机打出十座桩

连成第 N 座道桥

把南岸北岸高密度相接

十座打桩机打出来的道桥把楼市

从北岸抢到南岸,包括菜市超市

十座打桩机打出来的道桥把刚需

和"炒房侠"从城北分配到城南

十座打桩机打出来的道桥为新生鱼儿

和新宁远人"去库存"

加快储备新景点

并为新新鱼儿和新新宁远人
产生新思维新转型

十座打桩机打出来的道桥让秋光中的
河岸
泛起飞沫
飞沫不失时机舔舐风向标

十座打桩机打出来的道桥让渔者和打桩者
在河岸不断开会
不失时机掌控风向标

(《魁星楼》2022年第1期)

颜色褪尽的矿灯房

松林湾

这里曾经是

放飞白鸽的地方

明亮的窗口

一只只白鸽

在那里咕咕地鸣叫

时刻等待着

它的主人把它们

放飞到井下

辽阔的战场

窗口过去几步

是高大的井口

个儿最俊的哥哥

腰里紧紧系着

叫得欢的鸽

仍然不放心

又从腰间取下

小心翼翼地

安放在最需要

保护的前额上

(《新工人文学》2022年第1期)

深渊的样子
吴允锋

来煤矿工作之前
我最想看看深渊的样子

来了之后我才知道我错了
能看到的深渊根本就不叫深渊。
好吧,就叫它煤海。
我的矿工兄弟们
在煤海里相互照亮

可我还是觉得煤海像深渊
兄弟们每一次的入井、升井
就像是到深渊里取一样东西
就像我写作一首诗
仿佛他们爱着深渊
仿佛深渊里也住着春天

我的兄弟们,在深渊里
拯救一种叫煤炭的事物

(选自作者自媒体)

父亲第一次带我到轩岗煤矿

贾　丽

八岁那年

我第一次看到山一样高的煤

第一次看到矿车轰鸣

从幽深的巷道里开出来

第一次知道了机房、配电室

认识了矿灯,第一次

看到下班后的父亲

安全帽是黑的,工作衣是黑的,长筒雨靴也是黑的

就连父亲脸上的汗水都是新生的黑河

手心和手背都沾满了煤粉

父亲就像一块乌黑发亮的煤

在人间,这么多年

我每一次看到煤就想起父亲

想起那么多以身为煤的人

那么多以身为炬的人,他们虽生如草芥

但如炭发热

如星辰发光

(《诗潮》2022 年第 11 期)

一轮月亮坐在选煤楼顶上

荆卓然

一轮月亮坐在选煤楼顶上,
像一只孤独悲伤的眼睛。

那一年,一位矿工在井下工亡。
精神崩溃的矿嫂,
不相信丈夫已经离去,
经常躲过保安的眼睛,
偷偷坐在选煤楼顶上,
痴痴地望着井口的方向。

在煤城,天上的月亮不算月亮,
每一户矿工家里,
都有一轮产权属于自家的月亮。

月亮圆不圆、暖不暖、亮不亮,
控制开关,安装在矿工的身上。

那位失去丈夫的矿嫂,
据闻随出嫁的女儿去了远方。
只留下这轮私家月亮,
每月替她坐在选煤楼顶部,
圆圆的眼睛,望着井口的方向。

(《北京文学》2022年第12期)

矿 工
高英英

我们是离矿最近的村子之一
父亲在清晨、中午或者夜里
其中一个时刻
走进乌黑的矿口
触摸大地的脉搏
黑的血液驱动一列列火车
从附近田地里穿过

洗去了周身的粉尘
矿工的皮肤总是过于白皙
好像所有的黑暗都不忍心
在此留下痕迹
据说所有能量都源自太阳
当他们在远古的阳光里穿行
也有一些光芒
每天把村庄照亮

(《诗选刊》2022年第八期"河北中青年诗人专号")

石头内部的春天
杨传信

打开石头,并将它内部的春天掏出
一次次重复着这个动作
我度过了半生

如果我不说出,你很难理解我的处境
那些潮湿,黑暗和危险
总是窥视着我
那些简单而又繁重的劳作
与诗无关,更与浪漫无关

有时,那一根根红的绿的炮线
仿佛春天的藤蔓
一旦开花,就会引来远古的蜂飞蝶舞

每当此时,我都会虔诚地跪下来
以朝圣之心,感念石头的恩赐和保佑

(《阳光》2022年第1期)

矿山记忆

李　钢

在矿山，我容易感动
呼啸的风声吹过，怎能熄灭
聚集内心的火焰

一只大鸟溅响寂静，远去的时光
带着涟漪
从记忆的山泉中涌来
那些年，一茬又一茬父辈的汉子们
在矿脉之上
采集乌金的光芒

我喜欢这种怀念，沉入矿山的记忆
像是小小的矿石
渴望成为
一块响当当的钢

在通红的炉火里，我实现了诺言
对待生活——
就应该和冶炼矿石一样
真情付出
日子的骨头才会越敲越硬

（中国作家网 2022 年 4 月 24 日）

铁矿石的升华
百合凌波

紫铜山,像一座无形的躯体
将井洞掩藏。用销魂的姿势
落入矿山,孵化辉煌

戴着安全帽、穿着高筒靴的工人
劳动着。一块又一块的铁矿石
被开采、碾碎、磨粉

矿车,载着精矿粉在铁轨上行走

泥泞中,一支高高的烟囱耸立着
一群人,面如土色
耐火砖红得透亮,一点就着

他们的鞋加了厚铁板,汗流浃背
炉子升起了烟,钢汁在燃烧
抖动的"流水",一条条红变成了一块块的钢

一声鸡鸣,天又亮了
那些铁矿石已化身无数个
不知名的铁器

(选自作者自媒体)

图书在版编目（CIP）数据

中国工人诗典 2022 / 霍俊明主编 . —北京：中国工人出版社，2023.5
ISBN 978-7-5008-8183-4

Ⅰ.①中… Ⅱ.①霍… Ⅲ.①诗集－中国－当代 Ⅳ.① I227

中国国家版本馆 CIP 数据核字（2023）第 084641 号

中国工人诗典2022

出 版 人	董　宽
责任编辑	宋　杨　李　骁
责任校对	张　彦
责任印制	黄　丽
出版发行	中国工人出版社
地　　址	北京市东城区鼓楼外大街45号　邮编：100120
网　　址	http://www.wp-china.com
电　　话	（010）62005043（总编室）
	（010）62005039（印制管理中心）
	（010）62379038（社科文艺分社）
发行热线	（010）82029051　62383056
经　　销	各地书店
印　　刷	北京盛通印刷股份有限公司
开　　本	880毫米×1230毫米　1/32
印　　张	12.25
字　　数	150千字
版　　次	2023年7月第1版　2023年7月第1次印刷
定　　价	78.00元

本书如有破损、缺页、装订错误，请与本社印制管理中心联系更换
版权所有　侵权必究